R. Daniel Roth
Eine elegante Lösung

R. Daniel Roth

Eine elegante Lösung

Geschichten
aus dem italienischen Alltag

Druck: Libri Plureos GmbH,
Friedensallee 273,
22763 Hamburg

Bibliografische Information der Deutschen Nationalbibliothek:
Die Deutsche Nationalbibliothek verzeichnet diese Publikation
in der Deutschen Nationalbibliografie; detaillierte bibliografische Daten sind im Internet über http://dnb.dnb.de abrufbar.

© 2025 R. Daniel Roth
8. überarbeitet Auflage

Verlag: BoD · Books on Demand GmbH,
Überseering 33, 22297 Hamburg,
bod@bod.de
Umschlagbild: Kim Roth

ISBN: 978-3-7583-0241-1

für Kim,
an meiner Seite

Inhalt

Lebenstraum 9

Autobahnparty bei Siena 17
Degustazione di vino 25
Ein alter Brauch 39
Der Feuerwehrmann von Monti 51
Fliegende Mütter 57
Don Tarcisio 61
Man überholt nicht in der Kurve 67
Lino und die Zahnputzbecherablage 73
Lino und der Schreibtisch 79
Mein Freund Gianni 81
Die Straßensperren von Rosía 89
Traktorfahrer gesucht 97
Banküberfall in Paganico 107
Nie wieder mit Freunden zu Luigi 135
Eine elegante Lösung 147
Auf einer Parkbank in Grosseto 155
Der Barista von Costa Fabbri 157
Cenone 159
Frösche quaken nicht 167

Nachbemerkung 169
Dank 171
Autor 173
Hinweis 175

Lebenstraum

Wir alle träumen. Mehr oder weniger.

Viele träumen nur schlafend. Manchen Träumern genügt das nicht. Sie weben ihre Träume mit hinein in ihre Tage. Und weil sie als Tagträumer belächelt werden, verbannen sie diese ihre ins Licht keimenden Träume wieder zurück in das amorphe Dunkel ihrer Nächte.

Ich weiß nicht, ob man Mut braucht, um durchlässig zu werden für das, was sich aus dem Inneren chiffriert ins Bewusstsein drängt. Um dort gelesen oder gar erschaffen zu werden.

Ich weiß auch nicht, ob es immer eine Sehnsucht ist, die, einmal aus den Labyrinthen der Traumwelt entziffert, in unser Leben eindringt und sich in ihm fordernd und übermächtig ausbreitet.

Doch ich weiß, um seine Träume in den Tag hinein zu träumen, genügt es, ein Tagträumer zu sein. Das ist nicht wenig. Doch den meisten fehlt der Mut dazu. Sie nehmen ihn nicht ernst, ihren Traum. Versperren ihm den Zugang zu ihren Tagen

Diese Menschen träumen nicht eigentlich.

Ihre Träume träumen sich selbst. Blubbern hoch aus den Tiefen ihres eigenen Traumfundus. Und dem der gesamten Menschheit. Führen ihr Eigenleben in ihren Nächten. Formen sich zu Bildern und Symbolen, düsteren Wolken und heiteren Düften. Verketten sich zu bizarren Anekdoten. Verquirlen sich ineinander. Und verblassen wieder, wenn sie erwachen.

Oft bleibt nicht einmal ein Funken Erinnerung an diese Träume oder Traumfetzen zurück.

Vielleicht ahnen sie ja, dass das Geträumte, Einlass in ihre Tagwelt begehrt. Doch ihr innerer Zensor hält sie zurück. Aber das Geträumte schwelt jenseits ihres

Bewusstseins in ihnen weiter. Lagert sich in ihnen ein. Und sie tragen es in Formlosigkeit abgeschobener Schwere in sich herum.

Manchmal jedoch lebt ein Traum so unvermittelt in unseren Tag hinein, dass er bereits Gestalt annimmt, noch ehe wir ihn abwehren und in die Traumwelt zurückzuschicken vermögen. So ein Traum entsteht aus einer tief in uns eingesunkenen Sehnsucht. Die ihn ans Licht zu zerren versucht.

Um ihn aus der Traumwelt in die Tagwelt umzupflanzen, genügt es nicht, weiter zu träumen. Ein solcher Traum will erwachen. Verwirklicht werden. Fordert seinen Platz in unserem Leben.

Er wird zum Lebenstraum.

Ich weiß nicht, ob es für manche Menschen möglich ist, dem alles vereinnahmenden Fordern eines ins Bewusstsein drängenden Lebenstraums zu widerstehen.

Ich weiß nur, ich habe es nicht geschafft.

*

Als Anna und ich, an einem goldenen Januarnachmittag den wohl seit Jahrzehnten nicht mehr begangenen Holperweg zur Ruine Monte Cu hochschlendern, ahne ich noch nicht, dass dieser Ort alle meine auseinanderdriftenden Sehnsüchte bündeln würde. Die hier ihre Erfüllung finden sollten.

Auf dem Gipfel der Anhöhe angekommen, stockt mir der Atem. Ich wende mich zur Seite. Sehe, dass auch Anna zu mir herüberschaut.

Entweder befinden wir uns gerade beide im selben Traum. Denke ich. Oder das, was sich vor uns auftut, ist tatsächlich Wirklichkeit.

Einen Ort wie diesen habe ich nie zuvor gesehen.

Reste eines zusammengebrochenen, von Brombeerhecken umschlungenen Gemäuers thronen auf einem von Steineichenwäldern umgürteten Plateau, das den Blick über die endlosen Hügelkämme der südlichen Toskana nach allen Seiten hin freigibt. Nicht nur das, was ich mit meinen Augen aufzunehmen vermag, verschlägt mir den Atem. Es ist die erzählende Stille, die über allem schwebt. Und als hätten wir bereits Wurzeln in der toskanischen Erde geschlagen, stehen wir gebannt inmitten dieser lichtdurchfluteten Weite. Die mich vom ersten Moment an in sich aufnimmt. Und mich nie wieder loslassen sollte.

Es ist, als sei die Toskana in mir explodiert.

Hier will ich, nein, hier muss ich leben. Koste es, was es wolle.

„Oh je," sagt Anna und atmet einmal tief ein und wieder aus, „du Armer! Du bist einem Kollektivtraum zum Opfer gefallen."

Ich weiß natürlich um die Affinität meiner Landsleute zur Toskana.

„Der Kollektivtraum, von dem du sprichst, ist nur so eine vorübergehende Modeerscheinung," sage ich abwinkend, „jemand macht etwas vor. Und alle machen es nach. Was ich hier spüre, ist etwas anderes."

Anns mustert mich belustigt.

„Es ist als…" setze ich nochmal an. Aber mir fehlen die Worte, zu beschreiben, was in mir auflodert. Und weder Anna noch meine Freunde sollten es schaffen, mich aus der Gewissheit zu vertreiben, dass dies hier der Platz ist, der auf eine Frage antwortet, die ich nie gestellt habe. Stets aber schon in mir trage.

Sollen sie mich doch alle belächeln, denke ich. Für sie mag es andere Wege geben. Für mich gibt es nur diesen einen. Unter diesem Himmel. Auf dieser Erde. An diesem Platz.

„Und wie stellst du dir das vor?" fragt Anna. Und nur schwingt schon ein Hauch Neugierde in ihrer Frage mit.

„Ganz einfach," sage ich, „wir machen ein Gästehaus auf, einen *agriturismo*. Für alle diese Toskanaverliebten. Und du wirst sehen, sie rennen uns die Tür ein!"

„Na, du musst was sagen! Wer ist denn toskanaverliebter als du."

„Eben, ich weiß was die mögen."

Das Grundstück stellt sich als käuflich heraus. Also kaufen wir diesen von Gestrüpp überwucherten Steinhaufen. Zu einem erstaunlich niedrigen Preis.

Doch gleich darauf fangen die Schwierigkeiten an.

„Natürlich," sagt Anna.

„Das war doch vorauszusehen," sagen meine Freunde.

Das zusammengebrochene Gemäuer entpuppt sich als der Rest einer über tausend Jahre alten ehemaligen Abtei. Und natürlich steht es unter Denkmalschutz. Und das Grundstück, auf dem es steht, unter Naturschutz.

„Bingo!" sagt Anna, „wir haben einen Steinhaufen gekauft mit einem Stück Land drum herum, auf dem wir keinerlei Veränderungen tätigen dürfen, na Mahlzeit."

Um aus dieser verfahrenen Situation vielleicht doch noch herauszukommen, beauftragen wir einen Anwalt. Dann einen weiteren. Und noch einen. Und noch einen. Der erste Anwalt lässt uns wissen, dass die Sache aussichtslos sei. Und lässt uns seine Honorarforderung dafür zukommen. Der zweite belächelt die Aussage seines Kollegen, erreicht aber auch nichts. Und stellt nun seinerseits seine Honorarforderung.

„Gib auf!" sagt Anna.

„Gib auf!" sagen meine Freunde.

Meinen Lebenstraum aufgeben, denke ich. Wie soll ich das?

Ich erkundige mich nach einem kompetenteren Anwalt.

„*Non si preoccupi, Signore! Ci vorra un po di tempo. Ma abbia pazienza, ce la facciamo,* machen Sie sich keine Sorgen! Es wird eine Weile dauern. Aber das schaffen wir schon, *vedrá,* Sie werden sehen!" sagt der Anwalt.

Mit diesen hoffnungsmachenden Worten hält er uns eine Weile hin. Die Honorarforderungen schrauben sich höher und höher. Das anfangs günstig erworbene vielversprechende Projekt eines Gästehauses wird zu einem Geldfresser. Ohne Aussicht, das Projekt jemals verwirklichen zu können.

„Du bist verrückt, wenn du weitermachst" sagt Anna, „lass los! Bevor diese deine Schnapsidee unser Leben zerstört."

„Schnapsidee? Das ist mein Lebenstraum!"

„Du hast dich da in was verbissen, was dich in den Abgrund führt," sagen meine Freunde.

„Lass los!" sagen jetzt auch meine Verwandten.

Und da die Sehnsucht unentwegt weiter in mir tobt, und ich mich offenbar als Einziger für nicht verrückt halte, begebe ich mich in die Hände eines Psychoanalytikers. Um vielleicht von ihm zu erfahren, wie ich ohne die Erfüllung meines Lebenstraums, der mich vollkommen mit sich ausgefüllt hat, weiterleben soll. Und während ich mich bemühe, herauszufinden, warum mir alle um mich herum vorwerfen, von einem ‚diffusen Toskanatraum' besessen zu sein, den ich selbst als die Erfüllung meines Lebens wahrnehme, kommen immer weitere Honorarforderungen von Anwalt Nummer Vier bei uns an.

Nach dreijähriger intensiver Psychoanalyse legt mir der Analytiker nahe, die Behandlung abzubrechen. Er finde keine zu entknüpfenden Seelenknoten in mir.

Was mir ganz offensichtlich zu fehlen scheine, sei ein Leben in der Toskana. Sagt der Analytiker. Und er bedauere zutiefst, mir bei der Verwirklichung dieses Lebens nicht behilflich sein zu können. Schenkt mir ein hilfloses Lächeln. Und entlässt mich nun seinerseits mit einer Honorarforderung, die hinter denen der Anwälte nicht zurücksteht.

„Vier Anwälte und ein Analytiker haben nun unser Geld in der Tasche. Auch der Verkäufer von deinem verdammten *Monte Cu* reibt sich die Hände, dass wir ihm dabei geholfen haben, einen wertlosen Steinhaufen zu Geld zu machen. Und du gibst immer noch nicht auf?" stöhnt Anna.

Dann, als habe die Verwirklichung meines Lebenstraums der ausgesprochenen Worte eines Analytikers bedurft, entwirrt sich von einem Tag auf den anderen die festgefahrene Situation.

Der Ausbau von *Monte Cu* wird durch die *Belle Arti di Siena* (Amt für Denkmalschutz in Siena) plötzlich genehmigt. Und auch das Umweltamt gibt unerwartet seine Erlaubnis, das Grundstück ums Haus herum zu bepflanzen und zu bewirtschaften.

Ebenso unerwartet fängt nun auch Anna wieder Feuer an unserem fast schon begrabenen Projekt. Nach über zehn Jahren des Wartens und Kämpfens wird mein Lebenstraum doch noch Wirklichkeit.

Wir brechen unsere Zelte in Deutschland ab. Und erwecken die Ruine der alten Abtei zu neuem Leben. Zwischen Rosmarin- und Salbeisträuchern, Oliven, Zypressen und Pinien lassen wir ein Paradies entstehen, das wir über viele Jahre mit unseren Gästen teilen sollten.

*

„So viele Sterne," sagt Anna in das monotone Pfeifen der Zwergohreneule.

„Ja," sage ich. Drehe mich auf dem Liegestuhl zur Seite. Und schaue auf die vibrierenden Lichter der über die Hügel verteilten zahllosen kleinen Orte am Horizont, „und so viele Wildschweine, die um uns herum grunzen."

„Auch mit ihnen werden wir wohl diesen Ort teilen müssen," flüstert Anna, als wolle sie es vorerst noch vor den Wildschweinen geheim halten.

„Du hast gewonnen," sagt sie mir leise ins Ohr, als die ersten Gäste am nächsten Morgen auf unserer Terrasse erscheinen, „ich sehe in ihren Augen, was ich in deinen gesehen habe, als wir vor über zehn Jahren hier hochschlenderten."

Autobahnparty bei Siena

Ich bin mit Anna unterwegs nach Bientina, um dort neue Liegestühle und Schirme einzukaufen. Damit es unsere Gäste auch während der nächsten Saison gut bei uns haben.

Wir fahren früh los, um noch vor der landesüblichen langen Mittagspause dort anzukommen. Hinter Siena beginnt es wolkenbruchartig zu regnen.

Plötzlich kommen zwei riesige Lastzüge ins Schlingern. Schwanken bedrohlich hin und her. Versuchen vergeblich, sich gegenseitig auszuweichen. Verkeilen sich ineinander. Und verteilen sich krachend und knirschend über zwei Autobahnspuren.

Alles geschieht wie in Zeitlupe. So habe ich ausreichend Gelegenheit, zu bremsen, hoffe nur, dass wir nicht von hinten aufgespießt werden. Aber glücklicherweise kommen alle um uns herum kreiselnden Fahrzeuge rechtzeitig zum Stillstand.

Wir schreiben den geplanten Einkauf der Liegestühle und Sonnenschirme augenblicklich ab. Und stellen uns auf langes Warten ein.

Die meisten blockierten Autofahrer steigen aus, begutachten die ineinandergeschobenen Blechriesen. Zuerst sind alle, auch Anna und ich, erleichtert, dass die Lastwagenfahrer offensichtlich unverletzt geblieben sind. Doch dann kippt die Stimmung. Wir alle sind von irgendwo abgefahren, um möglichst bald an unseren Zielorten anzukommen. Und nun sitzen wir hier auf unbestimmte Zeit fest.

Nach etwa einer Stunde bahnt sich ein Kran einen Weg durch die inzwischen über mehrere Kilometer gestauten Fahrzeuge. Der Kranführer steigt aus. Schüttelt entschieden den Kopf. Er erkennt wohl auf Anhieb, dass sein Kran den Proportionen der havarierten Lastzüge nicht gewachsen ist. In der Tat sieht es aus, als versuche ein Fischer einen Pottwal mit einer Angel hochzuziehen.

Bei den ersten Versuchen, die beiden Lastzüge voneinander zu trennen, hebt sich lediglich der Kran vom Boden Die Lastzüge selbst bewegen sich keinen Zentimeter. Doch der Kranführer scheint fest entschlossen. Er zerrt mit seiner Seilwinde weiter, erst am einen dann am anderen Lastzug. Setzt den Haken an unterschiedlichen Stellen an. Ohne Erfolg.

Ich beobachte mich dabei, wie ich innerlich mitziehe. So wie manche Beifahrer in bedrohlichen Situationen mitbremsen, obwohl sie kein Bremspedal zur Verfügung haben.

Rums! Plötzlich löst sich das Führerhaus von einem der Lastzüge mit einem Ruck. Und wird mit Gewalt nach hinten über die aufgestauten Autos hinweg den Abhang hinuntergeschleudert. Vielleicht meinen ja einige von denen, die hier festsitzen, es finde hier ein Unfallhappening statt. Denn jetzt begleitet lautes Beifallklatschen den krachenden Aufprall. Wie durch ein Wunder ist wieder niemand zu Schaden gekommen.

„Hier stehen wir wohl noch eine Weile," kommentiert Anna.

Irgendwann heulen Sirenen heran. Polizeiautos, Feuerwehr- und Krankenwägen schlängeln sich durch die kreuz und quer stehenden Autos auf die Unfallstelle zu. Die Polizisten, Feuerwehrleute und Sanitäter springen aus ihren Fahrzeugen. Kommen im Laufschritt heran. Und starren auf die bizarre Szenerie. Nachdem sie festgestellt haben, dass es weder Tote noch Verletzte zu geben scheint, schieben sie die Mützen ihrer unterschiedlichen Uniformen nach oben. Und kratzen sich an ihren Köpfen. Einige der deutlich als Zugehörige der Feuerwehr erkennbaren Männer fangen an, mit großen Reisigbesen die Unfallstelle zu kehren. Was, wie jedes Fegen, zu Ergebnissen führt. Die jedoch keine Befreiung der hier festsitzenden Verkehrsteilnehmer erwirken. Was diese wiederum kopfschüttelnd zur Kenntnis nehmen.

Inzwischen fährt der entschlossene Kranführer fort, mit Seilwinde und Haken an den ineinander verkeilten Lastwägen zu ziehen. Um sie, wie auch immer, voneinander zu trennen. Es kracht, es knirscht. Doch was sich bewegt, ist nur der Kran selbst. Der mehrmals umzukippen droht.

Weitere Hilfsfahrzeuge rücken an. Die Helfer gesellen sich zu ihren Kollegen. Stellen sich im Halbkreis um die umgekippten Lastzüge. Beobachten nun gemeinsam die unergiebigen Bemühungen des Kranführers.

„Auf die Idee, einen größeren Kran zur Unfallstelle zu zitieren, scheint niemand zu kommen," sagt Anna.

„Vielleicht ist ja schon einer oder mehrere unterwegs und sie kommen nicht durch den Stau," rufe ich auf Italienisch in das Knirschen und Krachen hinein.

„*Ma meglio!*" ruft eine italienische Frauenstimme, was in etwa heißt, „schön wär's" oder „von wegen" oder „das glaubt ihr doch selber nicht!".

„*Alla italiana,*" kommentiert eine andere Stimme, "italienisch eben."

„Ich wusste gar nicht, dass die Italiener so ein ironisches Verhältnis zu sich selber haben," sagt Anna.

Es scharen sich mehr und mehr Verkehrsteilnehmer um den Kran. Und bereichern die festgefahrene Situation mit mehr oder weniger passenden Kommentaren.

Einige schlagen fluchend ihre Autotüren auf und zu. Andere stehen in kleinen Grüppchen zusammen und unterhalten sich an- oder aufgeregt.

Der Kranführer lässt seinen Blick über die Wartenden schweifen. Als überdächte er die Verbissenheit, mit der er an seinem Tun festhält. Und erhoffte sich einen Rat aus der Reihe der Wartenden. Oder wenigstens einen klitzekleinen Hinweis, wie er sie und sich selbst aus dieser misslichen Lage befreien könnte. Dann nickt er entschlossen. Wendet sich wieder den Armaturen seines Krans zu. Und fährt fort, an den Lastwägen herumzuzerren. Auftrag ist Auftrag.

„Wenn er so weitermacht," sagt Anna, „werden wir bis zum Abend oder gar bis zum Morgengrauen hier eingekesselt bleiben."

„Ich weiß nicht. Wenn ich sehe, was da vorgeht, habe ich eher den Eindruck, wir werden unser restliches Leben hier verbringen müssen. Zumindest so lange, bis die beiden Blechriesen so verrostet sind, dass sie in abräumbare Einzelteile zerfallen. Bis dahin werden uns hoffentlich Nothubschrauber aus der Luft mit überlebenswichtigen Nahrungsmitteln versorgen."

Inzwischen haben einige angefangen, die Motoren ihrer Autos aufheulen zu lassen. Was immer sie sich davon versprechen, es reiht sich ein in das unergiebige Tun innerhalb dieser chaotischen Szenerie. Andere bewegen ihre Autos auf die verkeilten Laster zu. Fuchteln aufgeregt aus ihren Fenstern oder geöffneten Schiebedächern. Einige fahren ruckartig vor und wieder zurück. Wohl eine über die Beinmotorik ausgeleitete Entladung ihrer Ohnmacht und Hilflosigkeit. Wieder andere recken ihre hochroten Köpfe aus den Seitenfenstern, um bildstarke Flüche gegen Unbekannt hinauszubrüllen.

Der Kranführer hält einen Augenblick inne. Streckt sich mit erhobenen Armen über das gesamte Blech hinweg, als habe er die Stimme eines Propheten vernommen, der sie aus dieser eingeklemmten Situation zu führen weiß.

Die meisten jedoch verhalten sich eher stoisch. Als hätten sie sich, wenn auch unfreiwillig, zu einer Megaparty eingefunden. Die nicht so recht in Gang kommen will.

Ich werde immer unruhiger. Anna vermutlich auch. Aber sie lässt sich's nicht anmerken.

Frauen haben die besseren Nerven. Denke ich.

Ich steige aus. Ich steige ein. Ich steige aus.

Schließlich frage ich einen der Polizisten, wie viele Stunden es wohl noch dauern würde, worauf dieser, durchaus nicht unfreundlich, in der den südlichen Straßenpolizisten vorbehaltenen Eleganz eine vage Handbewegung ins Unermessliche andeutet. Ich bedanke mich, wenn ich auch nicht weiß, wofür. Und trotte zu unserem Auto zurück.

Jetzt fangen einige an, mit emporgereckten Köpfen von einem Bein aufs andere zu hüpfen. Als hielten sie nach einer Möglichkeit Ausschau, sich zu erleichtern. Andere arrangieren sich in kleinen Grüppchen zu Schwätzchen aller Art.

Jene, die mit ihren Familien unterwegs sind, breiten Tischtücher auf den Kühlerhauben aus. Die Mütter und Großmütter bringen Kühltaschen, Pappbecher und Plastikgeschirr heran. Es ist Mittagszeit. Auf das Mittagessen will man nicht verzichten. Auch nicht im Stau. Die Väter entkorken Weinflaschen. Und schrauben Mineralwasserflaschen auf.

Irgendwann ruft eine Frauenstimme:

„*Se volete caffè?* Wenn jemand Kaffee will?"

Zwei monströse Thermosflaschen werden hochgehalten. Natürlich. Denke ich. Ohne Kaffee geht hierzulande gar nichts. In ihrer Liebe zum Kaffee vereinen sich die Gemüter.

Ein Raunen geht durch die Schicksalsgemeinschaft.

Einige rufen „bravo". Die meisten klatschen wieder. Alles drängt in Richtung Thermosflaschen. Junge und ältere Frauen schlendern, ihre schreienden oder lachenden Kinder und Enkel vor sich her schaukelnd, durch die Reihen der Autos. Aus einem Radio, direkt neben uns, höre ich Stimme von Lucio Dalla. Weiter hinten tönt Zucchero zu uns herüber. Gleich darauf setzt Gianna Nannini ein.

Die Party kommt in Gang.

Über allem wabert der Geruch von Kaffee, herbem Rotwein, Schinken und Käse und dem in die Autobahn eingesunkenen Gestank von Benzin, Gas und Diesel.

Ein paar Halbwüchsige laufen hinter einem erschlafften Ball her.

„Doch nicht hier auf der Autobahn, *ragazzi*!" ruft eine Frauenstimme.

„Autobahn!" tönt es lachend zurück.

Junge und ältere Männer gesellen sich dazu. Der fast zerknüllte Ball fliegt über die Autodächer. Die Jungen johlen, die Alten lachen. Ein paar Hunde, die einer Katze hinterherjagten, mischen sich in das Spiel. Einer der Hunde bekommt den Ball zu fassen. Beißt hinein. Und rennt mit ihm davon.

„*Giulia! Vieni qua!*" brüllt eine der Männerstimmen.

„Wie kann man seine Hündin nur ‚Giulia' nennen?" rufe ich belustigt.

„Wieso?" echauffiert sich Anna, „fändest du Enrico oder gar Mario vielleicht besser?"

„Ja, auf alle Fälle, aber nur wenn's ein Rüde wäre."

Irgendwann rollt ein Polizeikommando heran. Und leitet uns und die eingeklemmten Fahrzeuge durch eine Öffnung des bepflanzten Mittelstreifens auf eine der Gegenspuren.

Wir steigen in unser Auto. Während auch alle die anderen wieder in ihre Fahrzeuge einsteigen, meine ich Bedauern in den Gesichtern zu beobachten.

Es dauert, bis alle Fahrzeuge hinübergelotst sind. Die Party ist vorüber. Wo sie doch gerade erst losgegangen war.

Anna und ich tauschen uns während der gesamten Heimfahrt darüber aus, was wir lustig, originell oder nervig empfanden.

„Erinnerst du dich an den schlaksigen Typen mit der kleinen Brünetten und den drei süßen Kleinen," sagt Anna.

„Du meinst die mit dem Maremmahund? Na klar. So einen sollten wir uns auch mal anschaffen."

„Ehrlich gesagt, hätte ich lieber eine Katze," sagt Anna.

Im Nachhinein fanden wir vieles witzig, worüber wir auf der Party selbst nicht wirklich lachen konnten. Erst als wir wieder zu Hause ankommen, fällt uns wieder ein, weswegen wir überhaupt unterwegs waren.

„Ach weißt du," meint Anna, „bis zum Saisonbeginn vergehen noch Monate. Bis dahin haben wir noch jede Menge Zeit, um wieder nach Bientina zu fahren."

„Vielleicht gibt es ja unterwegs wieder so eine nette Party," füge ich hinzu.

Degustazione di Vino (Weinverkostung)

Eigentlich wollten wir nur noch schnell nach Slowenien reinfahren, um vor unserer Heimreise vollzutanken. Wenn unser Auto einen großen Tank habe, lohne es sich, einen kleinen Umweg nach Gorizia zu machen, und vor dort aus kurz nach Slowenien reinzufahren. Meinte Mario, der Chef des Hotels in Grado, in dem wir für ein paar Tage untergekommen waren. Der Sprit koste dort deutlich weniger. Und da unser Auto über einen großen Tank verfügt, beschließen wir, uns auf diesen Umweg einzulassen.

Als wir gerade wieder nach Italien einfahren, meldet sich Annas Mobiltelefon.

„*Se avete ancora voglia di visitare una bellissima azienda vinicola lí vicino?*" Ob wir noch Lust hätten, ein sehr schönes nahegelegenes Weingut zu besichtigen...? fragt Mario. Man habe von dort aus eine wunderbare Aussicht über die friulanischen Hügel und Weinberge.

Anna sieht mich fragend an. Wir haben uns nichts weiter für diesen letzten Tag unseres Urlaubs vorgenommen. Bleierne Junihitze wabert über den Dächern von Gorizia. Und bringt die Luft zum Flirren. Was kann man an einem solchen Tag Besseres machen, als sich auf eine erhobene Position zu begeben und eine angekündigte schöne Aussicht zu genießen?

Ich nicke. Ja, warum nicht.

Mario gibt uns die Adresse und Telefonnummer eines gewissen Giancarlo. Vermutlich der Besitzer des Weinguts. Und meint: „Ruft dort an, bevor ihr ankommt und sagt, dass ich euch geschickt habe!"

Es ist kurz nach Zwölf.

„Wir platzen denen genau ins Mittagessen," sage ich.

Doch unser Navi errechnet eine Fahrzeit von nur zehn Minuten.

„Das schaffen wir noch vorher," sagt Anna.

Wir fahren los.

Eine schmale Schotterstraße führt uns in engen Kurven durch Pinienwälder bergauf. Bis sich plötzlich nach allen Seiten Weinberge öffnen. Die Straße wird zum Weg. Es gibt keine Beschilderung mehr. Und, wie so oft in solchen Situationen, stellt unser Navi seine Dienste ein. Ein Schwall heißer Luft dringt durch die offenen Fenster. Die Hitze kommt mir hier oben noch gewaltiger vor als unten in Gorizia.

„Ich rufe mal an," sagt Anna.

Die Nummer ist besetzt. Anna versucht es nochmal. Immer noch besetzt.

„Ich probier's mal bei Mario," sagt Anna.

Während sie Mario zu erreichen versucht, rasen zwei Polizeiautos an uns vorbei. Kurz danach überholen uns zwei weitere. Alle vier mit eingeschalteten Sirenen und kreisendem Blaulicht.

"Mario?"

Anna hat ihr Handy lautgestellt.

„*Sì*," höre ich Marios Stimme sagen, "*non vi sento. C'è troppo chiasso. Ma dove siete?* Ich höre euch nicht. Zu viel Lärm. Wo seid ihr denn?"

"*Beh, siamo qui in mezzo delle vigne. Girano i poliziotti,* nun, wir sind hier mitten in den Weinbergen. Und überall schwirrt Polizei herum," ruft Anna in ihr Handy.

"*Nelle vigne?* In den Weinbergen?" fragt Mario, "*allora l'avete trovato?* Dann habt ihr die *azienda* also gefunden?"

"*No*," sagt Anna, "weit und breit kein Weingut in Sicht. Und hier gibt es weder Wegweiser noch irgendwelche Schilder."

Wieder heulen Polizeiwägen heran. Einer von unten und einer von oberhalb. Beide biegen in einen der Weinberge ein. Schlittern durch die Reihen der Rebstöcke hindurch. Bis sie aus unserem Sichtfeld verschwinden.

„Wo seid ihr denn in etwa? Ohne irgendwelche Anhaltspunkte kann ich euch nicht gut weiterhelfen."

Ja, wo sind wir? Im Display des Navis sehe ich das Symbol für unser Auto im Niemandsland schweben. Durch die Windschutzscheibe taucht eine kleine Kapelle auf. Ich fahre an den Straßenrand. Weitere Polizeiwägen wirbeln Staub um uns herum auf. Und verteilen sich mit kreiselndem Blaulicht und heulenden Sirenen zwischen den Rebstöcken.

„*Non ho idea*, keine Ahnung," sage ich und beuge mich zu Anna hinüber," *qui accanto la strada bianca si vede una chiesina*, neben uns ist gerade eine kleine Kapelle aufgetaucht."

„Mit einer Steinbank davor," fügt Anna hinzu.

„*Chiesina*, eine Kapelle?" sagt Mario, und ich sehe ihn durch den Hörer mit den Schultern zucken, „*ci provo io da Giancarlo*, jetzt versuch ich es mal bei Giancarlo. Melde mich dann wieder."

Ich setze mich auf die Steinbank und springe jäh wieder hoch. Jetzt steigt auch Anna aus und kommt auf mich zu.

„Vorsicht, der Stein ist kochend heiß!"

„Oh" sagt Anna und geht vor der Steinbank auf und ab.

„Wenn die Nummer besetzt ist, wird auch Mario seinen Giancarlo nicht erreichen."

Ich schaue zu der antiken Kapelle hinüber. Die Sonne steht im Zenit. Nirgendwo eine Möglichkeit, sich in den Schatten zu stellen. Und jetzt tönt auch schon die nächste Sirene heran.

„Was ist denn hier los?" fragt Anna.

„Wie meinst du das? Was soll los sein? Das ist es ja eben, nichts ist los. Wir hängen hier in der prallen Mittagshitze zwischen den Weinbergen. Und haben keine Ahnung, wo wir sind."

„Ich meine die Polizeiautos."

„Ach so, die Polizeiautos. Wahrscheinlich suchen die wieder jemanden."

„Was meinst du mit ‚wieder'?

„Die suchen doch immer jemanden, wenn sie so herumkurven."

„Vielleicht ist es ja eine Übung? Ein Manöver?"

„Zur Essenszeit? In der Hitze?"

Eine Windböe verweht den Klang der Sirene. Der Polizeiwagen scheint weiter unten abgebogen zu sein.

„Ich ruf nochmal bei Mario an," sagt Anna, drückt auf ihrem Handy herum und steckt es in ihre Gesäßtasche. „Besetzt. Komm, wir fahren einfach noch ein Stück. Vielleicht liegt die *azienda* weiter oben."

Wir steigen wieder ins Auto. Und tatsächlich taucht nach ein paar Kilometern ein Weingut auf.

Eine junge, sehr blonde Frau kommt winkend auf uns zu. Begutachtet die Länge unseres Autos. Und bedeutet uns, am Straßenrand vor der Einfahrt zu parken. Nach ein paar obligatorischen Grußworten führt sie uns ohne große Umschweife an eine aus rostigen Eisenteilen zusammengesetzte rechteckige Konstruktion heran, in die zwei Sitzplätze mit einem Tischchen festgeschweißt sind.

„Das soll ein Fenster mit Blick in unsere Weinberge andeuten," erklärt sie uns. Und schon schlendert ein hochgewachsener, wuchtiger Mann mit einer Flasche und zwei Gläsern in der Hand auf uns zu.

„Giancarlo," sagt die Frau, „*mio marito*, mein Mann." Sie klopft gegen ihre Brust. „Und ich bin Tanja."

„Mario hat uns soeben euer Kommen angekündigt," sagt Giancarlo und kommt näher. Drückt meine

Hand, als wolle er sie zerquetschen. Als er auf Anna zugeht, sage ich schnell noch „*attenzione*, Anna". Doch es ist schon zu spät. Sie schenkt Giancarlo ein schmerzverzerrtes Lächeln. Doch Giancarlo hat nur Augen für die sich unter uns ausbreitenden Weinberge.

„Hier vor diesem symbolischen Fenster lassen wir unsere Gäste die Weine probieren, die wir aus den Trauben der vor ihnen liegenden Weinberge entstehen lassen," sagt Giancarlo. Und breitet seine Arme aus. Seine funkelnden Augen fordern uns auf, seinem Blick zu folgen.

Erschrocken nehme ich meine Sonnenbrille ab, um meine Befürchtung nicht vor ihnen zu verbergen.

„Natürlich nicht in der sommerlichen Mittagshitze," beruhigt mich Giancarlo lachend.

Ich fingere in meiner hinteren Hosentasche nach dem Etui meiner normalen Weitsichtbrille.

Doch da ist kein Etui.

„*Scusate*", sage ich, während Giancarlo die einzelnen Rebsorten aufzählt, die, wie er sagt, in diesen seinen Weinbergen biologisch gepflegt heranwachsen und in edle Weine verwandelt werden. Er erzählt von Tieren, die durch die Rebreihen laufen, und die natürliche Düngung der Rebstöcke übernähmen. Die Erklärungen sprudeln nur so aus ihm heraus. Und seine Augen leuchten vor Stolz. Ich höre nur mit einem Ohr hin. Gehe zum Auto. Durchwühle die verschiedenen Ablagen. Schaue vor meinen Sitz, neben meinen Sitz und unter meinen Sitz. Nichts. Mittlerweile ist meine Aufregung über die unauffindbare Brille auch bei Anna, Giancarlo und Tanja angekommen. Und jetzt kommen auch noch ihre Kinder herbeigelaufen, drei Töchter, so zwischen fünf und zwölf. Und wuseln aufgeregt um uns herum. So oft scheinen sich Gäste nicht hierher zu verirren. Denke ich.

„Vielleicht ist sie mir beim Tanken in Slowenien herausgefallen."

Tanja kann, wie alle hier in Grenznähe, Slowenisch. Wir finden gemeinsam heraus, bei welcher Tankstelle wir waren.

Nein, leider. Es sei kein schwarzes schmales Brillenetui dort gefunden worden. Wo wir denn noch angehalten hätten?

„Vielleicht auf der Steinbank vor der kleinen Kapelle?" sagt Anna.

„*Nessun problema,*" sagt Giancarlo als ich mich betreten für mein Missgeschick entschuldige. Mit dem ich nun alle beschäftige. Giancarlo winkt ab. Steigt in einen klapprigen Geländewagen. Und wir fahren gemeinsam zur Kapelle zurück. Wo ich schon von weitem mein Brillenetui in der prallen Sonne liegen sehe. Es muss mir beim jähen Aufspringen aus der Hosentasche gerutscht sein.

Während Giancarlo seiner Frau telefoniert, dass die Brille aufgefunden sei, kurven wieder Polizeiwägen mit kreisendem Blaulicht an uns vorbei. Und verlieren sich in, wie ich jetzt weiß, Giancarlos Weinbergen.

„*Cos' è successo?* Was ist passiert?" frage ich.

Giancarlo hebt sein Kinn. Zieht seine Lippen nach unten. Und rast hinter den Polizeiautos her.

Als wir in der Talsohle ankommen, die die verschiedenen Weinberge voneinander trennt, lehnen dort etwa zwanzig Polzisten an ihren kreuz und quer zwischen den Rebstöcken stehenden Autos.

Giancarlo stapft auf die Gruppe zu.

Es stellt sich heraus, dass vor etwa einer halben Stunde eine junge Touristin vergewaltigt worden ist.

„Vergewaltigt?" frage ich betroffen.

„Vergewaltigt," wiederholt Giancarlo tonlos. „*Ora lo cercano,*" sagt Giancarlo, "jetzt suchen sie ihn."

"Wen?"

"*Il violatore*, den Vergewaltiger."

"Hier in den Weinbergen?"

"*E successo nelle nostre vigne, dicono,* angeblich ist die junge Frau durch unsere Weinberge gejoggt. Und dort überfallen und vergewaltigt worden. Vermutlich von einem *extracomunitario,* einem Migranten," fügt er hinzu. Natürlich, denke ich verärgert, wer denn sonst?

Die Polizisten schlendern zwischen ihren Dienstautos auf und ab. Einige machen ein paar vorsichtige Schritte in den Weinberg hinein. Als lauere der mutmaßliche Migrant irgendwo zwischen den Rebstöcken. Kehren dann wieder zu ihrer Gruppe zurück. Und schütteln die Erde von ihren Schuhen.

„Schaut nicht so aus, also würden sie jemanden suchen," sage ich.

„*Eccoli*! Da sind sie!" sagt Giancarlo und deutet auf eine größere Gruppe dunkelhäutiger Männer, die eng aneinandergedrängt etwas abseitsstehen.

„Einer von denen?"

"*No, no,*" lacht Giancarlo und schüttelt den Kopf, „*quelli sono i nostri operai,* das sind unsere Arbeiter."

Ein sehr dünner großer Mann mit dunkler Gesichtsfarbe löst sich aus dem Grüppchen und kommt auf uns zu. Und schaut uns irritiert an.

„Warum arbeitet ihr nicht?" fragt Giancarlo.

„*Polizia dice, non lavorare! Prima controllare.*" Er hebt beide Hände hoch. „*Ma noi non abbiamo fatto niente,*" fügt er aufgebracht hinzu, "wir haben doch nichts gemacht."

"Natürlich habt ihr nichts gemacht," versucht ihn Giancarlo zu beruhigen, „*continuate di lavorare, nel frattempo parlo con il comandante,* arbeitet weiter, ich rede mal mit dem Kommandanten."

Und während wir auf einen durch die Rebstöcke streichenden Polizisten zu schlendern, erklärt er mir die einzelnen Rebsorten der umliegenden Weinberge.

„Auf der linken Seite wachsen die Trauben für unseren Sauvignon, auf der rechten die Malvasia Trauben."

Er zeigt mit seiner Hand in die Ferne.

„An den Hängen dort wächst unser *Ribolla Gialla*. Und dahinter gibt es noch rote autochthone Trauben. Das wird unser *Refosco*."

Er erklärt mir in aller Seelenruhe weiter, zwischen welchen Rebstöcken wir uns hier befinden. Als seien Vergewaltigungen in seinen Weinbergen an der Tagesordnung und integrierten sich in den normalen Arbeitsablauf.

Beim offenbar befehlshabenden Polizisten angekommen, unterbricht er seine Ausführungen. Wechselt ein paar Worte mit ihm. Und wendet sich dann wieder dem Grüppchen seiner völlig verunsicherten Arbeiter zu.

„*Continuate pure!*" ruft er zu ihnen hinüber. „Ihr könnt ruhig weiterarbeiten!"

„*L'hanno trovato?* Haben sie ihn gefunden," frage ich betroffen.

„Wen?"

„Den Vergewaltiger."

„*Ma!*" sagt er und wirft seinen Kopf nach hinten, was ungefähr so viel bedeutet wie ‚ach wo denkst du hin?'

Die Polizisten schlendern um ihre Autos herum. Nur ab und an wagt sich der eine oder andere bis an die Rebstöcke heran.

Wir fahren wieder zur *azienda* zurück. Die Arbeiter schauen uns irritiert hinterher. Während der Rückfahrt erzählt Giancarlo weiter von Anbau, Pflege und Ausbau seiner, wie er sagt, strengen Kontrollen unterliegenden Weine.

Kein Wort mehr über die missbrauchte Joggerin.

Anna läuft uns schon von Weitem entgegen.

„Auf der Steinbank?"

Ich nicke.

„Wie ich vermutet habe. Vielleicht solltest du dein Brillenetui nicht immer in deiner Gesäßtasche verstauen."

Tanja führt uns in eine schmucklose Halle. In der Mitte steht ein rustikaler Holztisch. Um ihn herum stehen Bänke ohne Lehnen. Sie fordert uns auf, Platz zu nehmen.

Ich schaue Anna an. Anna schaut mich an.

„Das sieht mir doch nach Weinprobe aus," sage ich.

„Ja, was dachtest du denn?"

Eigentlich waren wir wegen der von Mario angekündigten Aussicht gekommen. Denke ich.

„Ich dachte die findet da draußen vor dem symbolischen Fenster statt."

„Nicht in der sommerlichen Mittagshitze, hat er gesagt."

„Ich fürchte, das scheint was Größeres zu werden," sage ich und schüttele den Kopf, „ich kann jetzt auf den leeren Magen unmöglich Weine probieren."

Anna zieht die Schultern hoch.

„Wo wart ihr denn so lange?" fragt Tanja lächelnd.

„Ich habe dem *Signore* unsere Weinberge gezeigt," sagt Giancarlo auf Italienisch. An Tanja gewandt fügt er, offenbar auf Slowenisch, ein paar Worte hinzu. Und ich sehe, wie sie einen entsetzten Blick auf ihre drei Töchter wirft.

„Vergewaltigung? So etwas hat es bei uns hier noch nicht gegeben," sagt sie, als wolle sie sich bei mir dafür entschuldigen.

Sie lächelt jetzt wieder. Aber ihr Lächeln ist nicht mehr ihr Lächeln von vorher.

„Was meint sie?" flüstert Anna.

„*Torno subito,* ich komm gleich wieder," sagt Tanja, verlässt die Halle. Und die drei Mädchen laufen hinter ihr her.

„Wer?" frage ich.

„Nun, sie, diese Tanja. Wovon spricht sie?" sagt Anna.

Doch als ich Anna vom Geschehen im Weinberg berichten will, beginnt Giancarlo bereits die erste Flasche zu öffnen. Und schon beim Zuschauen spüre ich, wie meine Magensäure in meinen Schlund hochkriecht.

„*Grazie, ma non abbiamo ancora mangiato,*" sage ich, "außerdem ist doch jetzt auch eure Mittagszeit. Nein, nein wir gehen wieder. Wir wollen euch nicht stören oder gar vom Mittagessen abhalten," sage ich entschieden. Aber wohl nicht entschieden genug.

"*È molto bello il panorama, davvero,*" füge ich hinzu, "wirklich schön habt ihr es hier, aber -"

„*Ormai siete qui,*" unterbricht mich Giancarlo, „jetzt seid ihr schon mal da. Mario würde es mir nie verzeihen, wenn ich euch gehen ließe, ohne unsere Weine probiert zu haben. Er hat übrigens vorher angerufen und wollte wissen, ob wir uns inzwischen getroffen haben."

Und schon kommt Tanja, angestrengt lächelnd, mit einem Holzbrett herein. Auf dem ein paar Salamischeiben und eine Packung *Grissini* liegen. Giancarlo schenkt aus verschiedenen Flaschen Wein in die bereitstehenden Gläser. Jetzt erscheinen auch die drei Mädchen wieder. Tanjas Blick hat sich verfinstert. Und sie beobachtet bekümmert, wie die die drei quengelig um uns herumtanzen. Das dritte, offenbar die Jüngste, zieht an ihrem Kleid, sagt irgendetwas von Spaghetti. Greift sich schnell noch zwei Scheibchen Salami, bevor Tanja das Holzbrett auf dem riesigen Tisch abstellt.

Giancarlo, immer noch völlig unberührt von dem, was offenbar in den Weinbergen vorgefallen ist, öffnet eine Flasche nach der anderen. Gießt die Weine in bereitstehende bauchige Stielgläser. Schwenkt sie professionell hin und her. Wirft prüfende Blicke, die wohl der Farbe des Weins gelten, auf die in verschiedenen Gelb- und Grüntönen kreisende Flüssigkeit. Steckt schnuppernd seine Nase in die Gläser. Nimmt jeweils einen kleinen Schluck. Spült ihn in seinem Mundraum herum. Spuckt ihn dann in eine dafür vorgesehene Karaffe. Schenkt nun auch uns ein. Und sieht uns erwartungsvoll an.

Als Anna zu den Salamischeiben greift, gebe ich meinen Widerstand auf. Egal, denke ich, das Sodbrennen ist ohnehin vorprogrammiert. Ich nehme eine Salamischeibe vom Holzbrett. Und als Anna sich eine zweite Scheibe in den Mund steckt, nehme auch ich noch eine. Die Salami schmeckt ganz ordentlich. Und während ich darüber nachdenke, dass wir weder zum Weinkosten noch zum Salamiprobieren hierhergekommen sind, versuche ich den in meiner Vorstellung überdeutlich erscheinenden dampfenden Teller *Pasta* mit Tomatensoße aus meinem Kopf zu verdrängen. Inzwischen überschüttet uns Giancarlo ohne Pause mit weitschweifigen Erklärungen und Beschreibungen hinsichtlich der Bearbeitung seiner Weinberge, dem Ausbau der verschiedenen Weinsorten in unterschiedlichen Holzfässern. Und vielem mehr. Am Schluss weiß ich nicht mehr wie viele Weine ich probiert habe. Und welcher Wein wie geschmeckt hat. Und ich frage mich, wie ich mit all dem Wein im Kopf wieder zurück nach Grado komme. Um dieser uns aufgedrängten Weinprobe ein Ende zu setzen, auch weil das Quengeln der Töchter immer dringlicher wird, und mich die Angst in Tanjas Augen bedrückt, zwicke ich Anna in den Oberschenkel.

„Okay," sagt Anna prompt, als habe sie nur auf mein Zeichen gewartet, „wir nehmen von jeder Sorte je eine Flasche, probieren sie zu Hause und kommen ein anderes Mal wieder."

Worauf Tanja, ohne zu zögern, aufsteht, das Brett mit den verbliebenen Salamischeiben und den Grissini wieder abräumt. Und Giancarlo im Weinkeller verschwindet. Um gleich wieder mit einem schon vorbereiteten Weinkarton zurückzukommen.

Als wir die Preise der Weinflaschen erfahren, sehe ich Anna zusammenzucken. Sie liegen weit über dem Niveau der Weine, die wir zu kaufen pflegen.

„Dann käme da noch ein Unkostenbeitrag für die *degustazione* dazu," lässt uns Giancarlo wissen, „normalerweise verlangen wir fünfundzwanzig Euro pro Person…"

Fünfundzwanzig Euro! denke ich. Für je zwei Salamischeiben und ein paar ungewollte Schlucke Wein. Die mir jetzt Sodbrennen bereiten.

Da uns jedoch sein Freund Mario geschickt hat, fährt Giancarlo fort, biete er uns einen freundschaftlichen Nachlass. Ob wir mit zwanzig Euro pro Person einverstanden seien?

Anna und ich vermeiden es, uns anzuschauen. Zahlen Weine und Bewirtung. Und verabschieden uns.

Noch bevor wir den Hof verlassen haben, kommt eine ältere Frau mit sehr dunkler Hautfarbe aus der Haustür, stellt eine große dampfende Schüssel *Pasta* auf den Tisch unter der Pergola neben dem Eingang. Ich wende meinen Blick ab. Und versuche nicht durch die Nase zu atmen.

„Wenn wir in Gorizia noch was essen wollen," ruft Giancarlo zu uns herüber und schiebt sich eine Gabel Spaghetti in den Mund, „er kenne da ein gutes Lokal…"

„*No, no grazie*, wir haben ja jetzt Salami gegessen," ruft Anna abwinkend, „wir fahren zurück nach Grado."

Sie meint das nicht ernst, denke ich.

„*Come volete*," sagt Giancarlo, "*salutatemi* Mario!"

Ich sehe und höre, wie er die Spaghetti in sich hineinschlürft. Und beeile mich, vom Hof zu kommen.

„Ein fast perfekt funktionierendes Netz," sage ich zu Anna, um mich von meinem Hunger abzulenken, „jeder arbeitet jedem zu."

„Aber einer muss die Zeche bezahlen," sagt Anna.

Als wir durch die immer noch wabernde Hitze nach Gorizia zurückfahren, erzählt mir Anna, dass sie schon bei unserer Ankunft Giancarlos abschätzenden Blick auf unser Auto wahrgenommen habe. Unser Auto hat sie wohl zu großen Erwartungen hinsichtlich eines geplanten Weinkaufs verführt. Denn unser Auto hat nicht nur einen großen Tank, es hat auch einen großen Laderaum.

„Die haben uns ganz schön überrumpelt," lacht Anna, „lass uns nach Grado zurückfahren. Mir ist der Hunger vergangen."

Ich werfe ihr einen Blick zu.

„Ich weiß," sagt sie, „aber es ist zu spät, du kriegst in Gorizia jetzt kein Mittagessen mehr. Wir sind ja bald in Grado. Und erinnere dich, Manuela, Marios Frau zaubert köstliche Törtchen. Was war übrigens los? Als Giancarlo mit seiner Frau slowenisch redete, sah sie ziemlich erschrocken aus."

„Eine junge Touristin wurde vergewaltigt, als sie durch die Weinberge joggte. Angeblich von einem Migranten."

Anna starrt mich an, als sei ich der Migrant, der sich nach seiner Tat hier eingeschlichen hat.

„Was sagst du da?" ruft Anna außer sich, „das erzählst du mir erst jetzt? Und wir ziehen hier in aller Seelenruhe diese Weinprobe durch?"

„Eben. Die Weinprobe. Wann hätte ich es dir sagen sollen? Außerdem haben wir nichts damit zu tun."

Sie sieht mich fassungslos an.

„Was ist das denn für eine Aussage?"

Am nächsten Tag erfahren wir aus der Triester Tageszeitung ‚*Il Piccolo*', dass die Suche nach dem Vergewaltiger in den Weinbergen von Gorizia eingestellt wurde.

Die angeblich missbrauchte Touristin habe sich mit einem Polizisten aus Gorizia gestritten, ihn bei seinen Kollegen angezeigt, die Anzeige dann wieder zurückgezogen und behauptet der Geschlechtsverkehr sei einvernehmlich gewesen.

Ein alter Brauch

„Ich habe dich gewarnt," sagt Anna, als sich die ersten mysteriösen Reifenpannen auf der Zufahrtsstraße nach und durch Gargagnola ereignen.

Ja. Inselbewohner seien eigen, hatte sie gesagt, als ich sie dazu überredete, hierher zu ziehen. Dass sie so eigen sein würden, habe ich allerdings nicht gedacht. Schon gar nicht auf einer so touristischen Insel wie dieser hier.

Die Reifenpannen mehren sich. Und da sich ein Großteil der Einwohner von Gargagnola bereits im fortgeschrittenen Alter befindet, fahren häufig Sozialdienste und Ärzte die kleine Straße zu uns herunter. Auch ihre Autos werden Opfer der offensichtlich ausgestreuten Nägel. Erst als der Notarztwagen einen platten Reifen auf dem Hinweg und gleich einen weiteren auf dem Rückweg zu beklagen hat, nehmen die örtlichen *carabinieri* Kenntnis von den Vorfällen in und um unser Dorf. Sie runzeln ihre Stirnen, erachten die Vorfälle aber nicht für wichtig genug, um ihnen nachzugehen.

Bald schon kommen keine Sozialdienste mehr nach Gargagnola. Dann auch keine Ärzte mehr. Selbst der Fischmann, der Bäcker und das Pärchen mit dem mobilen Gemüseladen weigern sich, unser Dorf weiterhin zu beliefern.

Da wir unterhalb von Gargagnola wohnen und kein anderer Weg zur Hauptstraße führt, bleibt uns nichts anderes übrig, als diese Straße zu benutzen, wenn wir zum Einkaufen fahren.

Nach ein paar Wochen muss ich bereits den vierten Nagel aus einem meiner Reifen entfernen. Und auch sonst gibt es keinen Autofahrer mehr in und um Gargagnola, der nicht schon mehrere Reifenpannen in Kauf nehmen musste.

. In der Hoffnung, die anfallenden Ausgaben für die Reparaturen von den jeweiligen Versicherungen ersetzt zu bekommen, bringen wir sie, sozusagen als Beweisstücke, zur Polizeidienststelle. Wo sie sich in einer bereitstehenden Schuhschachtel ansammeln.

Da die *carabinieri* nichts unternehmen, versuchen wir uns selbst zu helfen.

Unsere belgischen Nachbarn haben die Idee, eine selbstgebastelte Leiste mit Magneten an der vorderen Stoßstange ihres Autos zu befestigen. Tatsächlich hängen bis zur Einmündung in die *strada provinciale* eine gute Handvoll Nägel an dieser Leiste. Allerdings muss man sehr langsam fahren, will man den Nägeln eine Chance geben, von den Magneten angezogen zu werden.

Immerhin müsste Anna oder ich dann nicht mehr den gesamten Weg gebückt vor unserem Auto hergehen, um nach Nägeln Ausschau zu halten. Denke ich. Denn inzwischen hat der pfiffige Nägelstreuer begonnen, die Nägel grau einzufärben. Und sie sich nun farblich kaum noch von der Asphaltstraße abheben. Also bastele auch ich uns eine solche Magnetleiste. Und hänge sie mit zwei Fleischerhaken vorn an die Stoßstange. Doch so langsam wir auch fahren, die Magnetleiste erfasst nicht alle Nägel. Dafür lohnt es sich nicht, die Leiste jedes Mal zu an- und an der Hauptstraße wieder abzuhängen. Und wir nehmen wieder Abstand von der zunächst als genial empfundenen Methode.

Inzwischen wagt sich keiner der Inselbewohner mehr mit einem Fahrzeug zu uns herunter.

Wir geben weiterhin die Krampen bei den *carabinieri* ab. Die durchlöcherten Reifen bringen wir zu Gianni, unserem Mechaniker in Lucignana.

Gianni lächelt jedes Mal gequält, wenn wir bei ihm auftauchen. Der uns alle Ärger bereitende Nägelwerfer lässt ihn nicht kalt. Aber da er kein Fahrzeug besitzt, und deshalb keine Reifenpannen zu befürchten hat, ist er der unfreiwillige Gewinner in dieser Situation.

Monate vergehen, ohne dass von irgendeiner Seite irgendetwas unternommen wird, um den Nägelwerfer zu ermitteln.

Als ich wiedermal eine Handvoll Nägel bei den *carabinieri* abliefere, kommt der diensthabende *maresciallo* auf mich zu, nimmt mir die Nägel aus der Hand. Fährt mit dem Zeigefinger prüfend über die messerscharfen Spitzen. Und wirft sie auf seine Schreibtischplatte. Wo sie nach mehrmaligem Aufhüpfen immer wieder mit den Spitzen nach oben fallen.

Er wiegt seinen Kopf hin und her, und sagte anerkennend:

„*Accidenti! Che lavoro di precisione!* Donnerwetter! Was für eine Präzisionsarbeit!"

Vermutlich um die Effizienz seines Wirkens zu erhöhen, hat der Nägelstreuer damit angefangen, die Nägel jetzt auch noch zu u-förmigen, sogenannten Krampen, zurechtzubiegen.

Nun, ich kenne mittlerweile alle Einwohner von Gargagnola. Diese handwerkliche Fähigkeit traue ich keinem von ihnen zu. Außer einem. Lorenzo, dem ich schon öfter bei feinmechanischen Arbeiten bewundert habe.

„Bis zu den nächsten Nägeln," sagt der *maresciallo* grinsend. Das Ganze scheint ihn eher zu amüsieren.

Doch als ich Lorenzos Geschicklichkeit erwähne, springt der *maresciallo* von seinem Stuhl hoch. Hebt die Hände über seinen Kopf. Und sieht mich an, als habe ich ihn höchstpersönlich als den Nägelstreuer verdächtigt.

„*Daniele! Che dici? Per carità!* Um Himmelswillen!" Sein Blick durchforscht mich. „Was sagst du da? Lorenzino?"

Wie ich denn darauf komme? Lorenzo sei nie auffällig geworden. Er ist in der gesamten Gemeinde als fleißiger und handwerklich geschickter Arbeiter bekannt. Und geschätzt.

„Ja, eben," sage ich. Sein handwerkliches Geschick sei es, was mich nachdenklich mache.

Der *maresciallo* winkt ab.

„Lorenzo? No."

Auch Anna ist entrüstet, als ich Lorenzos Geschicklichkeit erwähne.

„ Nur weil er ein guter Handwerker ist? Du spinnst ja."

„Ich habe nichts gesagt."

„Aber gedacht," sagt Anna.

Sie hat recht, und denke an die Zusammenarbeit mit ihm auf unserem Grundstück. Er kann es nicht sein.

Aber dann muss es noch einen anderen geben, der für so eine Präzisionsarbeit befähigt ist. Vermutlich jemand aus dem Nachbardorf. Einer, der seit Generationen noch eine Rechnung mit einem oder mehreren Einwohnern unseres Dorfes offen hat. Einer, der mit dieser Nägelstreuerei eine unerledigte Familienfehde abarbeitet. Wer immer es ist. Nein, nein, Lorenzo ist es nicht.

Inzwischen streut der ominöse Nägelwerfer unbehindert weiter seine Krampen auf unseren Zufahrtsweg.

Als ich mit einer weiteren Handvoll solcher Nägel bei der Polizeidienststelle auftauche, wirft der *maresciallo* nur einen flüchtigen Blick in meine offene Handfläche und nimmt die Krampen uninteressiert entgegen.

Ich bin schon wieder an der Tür, da höre ich noch, wie er beiläufig vor sich hin brummt:

„*Se mai, sará Giuseppino*. Wenn überhaupt einer dafür in Frage kommt, dann Giuseppino."

Nun bin ich es, der ihn verblüfft anstarrt.

„Giuseppe?"

Dann wird es mir plötzlich klar.

Natürlich. Giuseppe. Der Sündenbock. Den jede Dorfgemeinschaft braucht, um ihm alle unangenehmen Vorfälle in die Schuhe zu schieben. Giuseppe, der stets für den gesamten Unwillen im Dorf herhalten muss. Der immer an allem schuld ist, wenn sonst kein Schuldiger gefunden wird. Klar. Irgendwann musste der Verdacht auf ihn fallen.

Ob ich nicht auch schon daran gedacht habe? Fragt mich der *maresciallo*.

Giuseppe? Das meine er doch nicht im Ernst? Der könne sich doch nicht einmal seine Schuhe selber zubinden.

"*Non Ti confondere, Daniele!* Lass dich nicht täuschen! Der tut nur so. Der spielt eine Rolle!"

Ja. Denke ich. Die Rolle, in die er von allen hineingedrängt wird.

Ich schüttele den Kopf.

„*Mi scusi, maresciallo,*" sage ich lächelnd, „jeder andere. Aber nicht Giuseppe!"

Der *maresciallo* schaut an die Zimmerdecke.

„*Va be', ammettiamo che non sia quel povero disgraziato*, also gut, nehmen wir an, es ist nicht dieses arme Schwein," sagt der *maresciallo*, „wer ist es dann?"

Darauf sage ich nichts.

Wenn es nicht der ist, der es zu sein hat, darf es natürlich kein anderer sein, denke ich verärgert. Wenn es nicht Giuseppe ist, dann ist es eben keiner. Und nach keinem zu fahnden ergibt keinen Sinn. Polizeilogik, denke ich.

Der *maresciallo* starrt auf das Bild des über der Tür hängenden gegenwärtigen Bürgermeisters von Lucignana. Ich stehe noch mit einem Fuß in seinem Büro, mit dem anderen bereits im Korridor.

„*Acqua passata,* alte Geschichten," sagt der *maresciallo* in das entstandene Schweigen, und sein Blick senkt sich so abrupt auf mich herunter, dass ich befürchte, sein Verdacht habe sich nun übergangslos auf mich verschoben.

„*Sembra che risorga una usanza di una volta,*" fügt er hinzu, „es scheint, als lebe eine alte Inseltradition wieder auf."

Und jetzt erzählt er mir, dass das Ausstreuen von Nägeln, um Reifenpannen herbeizuführen, ein alter Brauch auf dieser Insel sei. Die Insulaner bringen damit ihren Unwillen gegen Gott und die Welt anonym zum Ausdruck.

Ich lache.

Die merkwürdige Nägelgeschichte, hat mich inzwischen so oft hierhergeführt, dass ich den *maresciallo* als einen humorigen Menschen kennengelernt habe.

Doch er ignoriert mein Lachen.

Feiglinge seien sie allesamt, diese Insulaner! fährt er brummig fort. Das könne ich ihm ruhig glauben.

Ich glaube ihm. Frage aber noch nach, warum sich dieser Unwillen der Inselfeiglinge auf Auto-, Motorrad-, Moped-, und Radfahrer beschränke. Und womit sie diesen ihren Unmut wohl zum Ausdruck gebracht hatten, bevor es bereifte Fahrzeuge gab?

Darüber habe er keine Kenntnis, sagt der *maresciallo*. Er komme aus Neapel. Wie sich die Insulaner hier vor seiner Zeit bekriegt haben, wisse er nicht.

Er verabschiedet sich. Und setzt sich wieder an seinen Schreibtisch.

Inzwischen ist unser kleines Dorf an der Nordwestküste der Insel in aller Munde. Selbst in den Tageszeitungen findet das Wiederaufleben des alten Inselbrauchs mehrmals Erwähnung. Und obwohl alle überzeugt sind, dass es sich bei dem Nägelwerfer um

Giuseppe handele, ja, handeln müsse, gibt es niemanden, der etwas gegen ihn unternehmen zu wollen scheint.

Es gehört wohl auch zu diesem alten Inselbrauch, denke ich, dass man sich von denen, die ihren Unwillen ausleben, wehrlos schikanieren lässt. Vielleicht sieht aber auch deswegen keiner die Notwendigkeit, einzugreifen, weil dem mutmaßlichen eine Art Narrenfreiheit eingeräumt wird. Warum bis zum Äußersten gehen, und ihm, der immer an allem schuld ist, diese seine Schuld auch noch vor Augen zu führen? Um ihn unnötig zu demütigen?

Wer immer es ist, der weiterhin Nägel streut, und gegen wen auch immer sein Unwille sich richtet, Anna und ich werden in insulanische Sippenhaft genommen. Obwohl nicht das Geringste mit ihren makabren Bräuchen oder seit Urzeiten schwelenden Racheaktionen zu tun haben.

So ziehen wir, schicksalsergeben, weiter die Nägel aus unseren Reifen. Bringen die Nägel zu den *carabinieri*. Und die Reifen zu Gianni.

Bis, von einem Tag auf den anderen, überraschend Bewegung in die Angelegenheit kommt.

Vielleicht, weil von höherer Stelle Druck gemacht worden ist. Vielleicht, weil die Bürgermeistersgattin sich auf einer unbedachten Besuchsfahrt nach Gargagnola einen oder gar mehrere Nägel in die Reifen ihres SUV gefahren hat. Vielleicht aber auch nur, weil die Schuhschachtel auf der Dienststelle der *carabinieri* mittlerweile voll ist, und keine weitere Schachtel zur Verfügung steht. Oder weil dem *maresciallo* von Lucignana inzwischen doch Zweifel gekommen sind, ob der unbedarfte Giuseppe zu einer so ausdauernden und gezielten Aktion überhaupt fähig ist.

An einem auf der Insel eher seltenen regnerischen Juniabend, ich habe gerade die Schüssel mit der dampfenden *Pasta* auf den Tisch gestellt, klingelt das Telefon.

Anna hebt ab.

„Für dich. Der *maresciallo*."

Sie reicht mir den Hörer.

„Wieso für mich?"

„Du bist der Mann," sagt sie grinsend, „so läuft das hier."

„*Scusate il disturbo*! Entschuldigt die Störung!"

Wie ich eigentlich zu meinem Verdacht auf Lorenzo gekommen sei. Fragt der *maresciallo*.

Hatte ich ihm das nicht schon gesagt? Na klar, denke ich, warum nur vergesse ich das immer wieder? Es bringt nichts, einem, was auch immer, zu erklären, wenn dieser nicht auf Empfang geschaltet ist. Also gut. Ich weise den *maresciallo* noch einmal auf Lorenzos herausragende Geschicklichkeit hin. Worauf der *maresciallo* irgendwas Unverständliches in den Hörer grummelt. Und auflegt.

„Ich habe den Eindruck, der *maresciallo* fängt jetzt doch an Lorenzo als den möglichen Nägelwerfer in Erwägung zu ziehen."

Anna und macht eine wegwerfende Handbewegung, „Das ist doch kompletter Blödsinn. Der arbeitet jetzt bereits einige Jahre für uns. Kannst du dir ihn vorstellen, wie er hier herumläuft und Nägel auf die Straße verteilt?"

Als ich am nächsten Vormittag im Kriechgang um etwaige Nägel herummanövriere, um nach Lucignana zum Einkaufen zu fahren, sehe ich, wie mehrere, deutlich als Polizisten in Zivil erkennbare Männer und Frauen, an der Durchfahrtsstraße von Gargagnola unübersehbar Kameras anbringen. Und sich, ebenso auffällig, entlang der Straße postieren.

Dennoch gelingt es ihnen an diesem Vormittag, Lorenzo als den Nägelwerfer zu identifizieren.

Kaum hatten sie die Kameras montiert, erzählt mir der *maresciallo* am nächsten Vormittag, da habe einer der längs der Straße postierten Zivilpolizisten beobachtet, wie Lorenzo mit seinem Roller, von Lucignana kommend, gemächlich durch Gargagnola, beiläufig einmal mit der einen, dann mit der anderen Hand in seine Hosentaschen greift. Etwas nicht zu Erkennendes aus ihnen herauskramt. Und hinter sich wirft.

Der beobachtende Polizist habe seinem weiter unten wartenden Kollegen ein Zeichen gegeben. Worauf dieser sofort hinter Lorenzo hergefahren sei. Ihn kurz vor der Einfahrt in sein Grundstück zur Rede gestellt und ihn aufgefordert habe, seine Hosentaschen zu leeren. Als nun zwei Hände voller Krampen zum Vorschein kamen, sei Lorenzo erstarrt und habe erschrocken auf seine Hände gestarrt.

„*Cazzo!* Verdammt! Wo kommen die denn jetzt her?"

Nun, ich kenne solche Menschen, die das Bedürfnis haben, oder sogar den Zwang verspüren, ihre Mitmenschen zu verärgern und ihnen Schaden zuzufügen. Ich weiß nicht, was sie dazu antreibt, Gott und die Welt gegen sich aufzubringen. Vermutlich wissen sie es selber nicht. Irgendwas, vielleicht ein innerer Impuls scheint sie dazu zu drängen, sich immer wieder neue Aktionen auszudenken, um ihre Umgebung mehr oder weniger profund zu drangsalieren. Oder in Angst und Schrecken zu versetzen. Vielleicht können sie sich selber nicht leiden. Und lassen ihren Unmut darüber an jedem aus, der ihnen zufällig in die Quere kommt.

Zugegeben, Lorenzos Geschicklichkeit hat meinen Verdacht vorübergehend auf ihn gelenkt. Aber Anna hatte recht, warum sollte der friedfertige und verhaltensunauffällige Lorenzo Nägel zurechtschleifen und auf der Fahrbahn verteilen, um wahllos Reifenpannen zu provozieren? Lorenzo, der mir seit zwei Jahren bei den Gartenarbeiten hilft, die ich auf unserem steil zum Meer absteigenden Grundstück allein nicht mehr schaffe. Lorenzo, der stets zur Stelle ist, wenn man ihn braucht!

Es gab Momente, in denen mich sein Verhalten irritierte.

Als er mir eines Morgens beim Anlassen des Freischneiders mit diabolischem Blick zuflüsterte, er sei dem IS beigetreten. Zum Beispiel. Mit dem sogenannten Islamischen Staat zu drohen fand ich weder witzig noch originell. Dachte aber nicht weiter darüber nach. Vielleicht hatte ich ja was falsch verstanden. Auch als er mich während wir gemeinsam den Zaun ausbesserten, plötzlich anschrie, ich und nur ich allein sei schuld daran, wenn er demnächst die Insel in Brand stecken würde, habe ich das eher als eine weitere geschmacklose Bemerkung abgetan. Zumal er sich ein paar Tage später, mit Augenzwinkern, als ein Abkömmling eines vergessenen Adelsgeschlechts aus dem fernen Osten bekannte, worauf schon sein Familienname Bertagnani hinweise.

Bertagnani, ein fernöstlicher Name? Der spinnt halt hin und wieder ein bisschen. Niemals hätte ich ihn für den gehalten, der uns dann noch monatelang schikanieren sollte.

Die Auswertung der Kamerabilder beseitigt alle Zweifel. Lorenzo mit Käppi und Sonnenbrille. Die eine Hand am Lenker seines Motorrollers. Die andere nach hinten ausgestreckt. Auf der Aufnahme, die mir der *maresciallo* zeigt, sieht man sogar die Krampen wie einen aufgescheuchten Fliegenschwarm hinter ihm durch die Luft schwirren.

Lorenzo wird wegen öffentlicher Gefährdung und Irreführung der Behörden in eine psychiatrische Anstalt auf dem Festland überführt. Er soll immer wieder bekräftigt haben, dass er nicht die geringste Ahnung habe, wie all die vielen Krampen in seine Taschen gekommen seien. Auch von zahlreichen Feilen und Schleifgeräten in seiner Werkstatt habe er keinerlei Kenntnis gehabt. Jemand, der ihm übelwolle, muss sie dort hineingelegt haben.

Ja, begreife ich jetzt, es war der andere in ihm. Jener, der sich zum Islamischen Staat bekannte und die ganze Insel abzufackeln drohte. Dieser andere, der aus ihm heraus agierte. Uns monatelang Reifenpannen bescherte. Und sich während unseres freundschaftlichen Zusammenseins in ihm verborgen hielt.

„Woher wusstest du, dass es Lorenzo war," fragt mich Anna.

„Ich wusste es nicht. Die Präzision mit der die Nägel in Krampen umgearbeitet waren, hat mich nachdenklich gemacht. Und dann waren da noch diese Ausfälle von ihm."

„Welche Ausfälle denn," fragt Anna.

Ich erzähle ihr von seinen beunruhigenden Aussagen.

„Nun, ich hatte dich gewarnt," sagt Anna, „ich will mir gar nicht erst ausmalen, was es noch für merkwürdige Bräuche auf dieser Insel gibt, deren sich die Insulaner bedienen."

„Und wenn der nächste von ihnen ausrastet, wird es wieder der unglückselige Giuseppe sein, der als Sündenbock herhalten muss, bis man an den wahren Schuldigen ausfindig gemacht hat."

„Wenn man ihn denn ausfindig macht," sagt Anna.

„Ja," sage ich, „schade, dass die Insel so schön ist."

„Ja, schade." sagt Anna.

Von Lorenzo und dem, der ihn seinerzeit bewohnt hat, haben wir nie wieder etwas gehört.

Der Feuerwehrmann von Monti

Heute ist Weinfest in Monti.

Den ganzen Tag über werden Buden aufgebaut, Tische aufgereiht. Drumherum Bänke. Über die Straße spannen sich Lichterketten aus bunten Glühbirnen. Die Olivenhaine rund um den Ort liegen dürr und ausgetrocknet in der weißen Spätsommersonne. Auf grobsteinigen Terrassen klettern die Olivenbäume bis tief in die Talmulden hinunter.

Es war ein heißer, trockener Sommer. Die toskanische Erde kocht.

Das Abendessen ist bereits im vollen Gange, da zersprengt ein gewaltiges Feuerwerk den Nachthimmel in alle Farben.

Von einer Wegmauer aus sehe ich die Olivenhaine brennen. Das Tal ist ein Flammenmeer, das in die Olivenpflanzungen brandet und bereits zum Ort hochzüngelt. Die ausgedörrte Landschaft hat bereits nach den ersten Leuchtraketen erwartungsgemäß Feuer gefangen.

Eine ältere Frau steht am Straßenrand und schlägt mit beiden Fäusten unablässig auf ihr Kopftuch.

„*Brucia tutto! Dio buono, madonna benedetta! Tutti i nostri alberi!*" kreischt sie.

Ich frage einen nahestehenden Uniformierten.

„Es sind ihre Olivenbäume," sagt er und betrachtet die Flammen.

„Ja, schon," murmele ich verwundert, „war das nicht klar, dass die trockenen Pflanzen Feuer fangen würden?"

„*Si, si, era abbastanza probabile.* Ja, das war ziemlich wahrscheinlich."

„*É allora?*"

„*Niente. Perché mi domanda?*"

Ich hebe meine Schultern.

„Sehen Sie denn nicht, wie die Alte verzweifelt schreit?"

„Ach, die Alte! Die ist ein bisschen hysterisch, müssen Sie wissen."

„Hysterisch? Was würden Sie tun, wenn Ihr ganzer Olivenhain den Flammen zum Opfer fällt?"

Der Uniformierte sieht mich amüsiert an.

„Lei è Tedesco, vero?"

Ja, ja, ich sei Deutscher, man höre es wohl am Akzent. Aber was habe das mit den brennenden Bäumen da unten zu tun? Es sei doch vorhersehbar gewesen, dass die Feuerwerkskörper die Bäume entzünden würden.

„Ma si, certo, signore," sagt der Uniformierte und nickt, „ja, heute früh erst habe ich zu Enzo gesagt: ‚Enzo, ich wette, die Olivenbäume fangen Feuer bei der Trockenheit'."

„Und?" frage ich.

„Enzo wollte nicht wetten."

Ich sehe ihn fragend an.

„Und jetzt brennen sie," sagt er und hebt nun seinerseits die Schultern.

Ich sehe ihn betroffen an.

„Guardi, signore," fährt er fort, „es ist ein Fest. Ein wichtiges Fest für die Leute. Verstehen Sie? Ein Dorffest. Sie freuen sich das ganze Jahr darauf! Es ist das Einzige, was hier passiert und ihnen Abwechslung bietet."

„Und Sie meinen, das hier ist jetzt die Abwechslung?"

Ich deute zum flammenden Horizont.

Sein Blick folgt meinem Finger über die brennenden Olivenbäume hinweg.

„Schauen Sie doch! Der Brand weitet sich schnell aus! Wenn jetzt noch Wind aufkommt!"

Der Uniformierte lächelt.

„Es kommt kein Wind auf! Seien Sie ganz beruhigt, *Signore!*"

Auch wenn kein Wind aufkommt wird der Olivenhain abbrennen, denke ich.

„Sogar das Dorf könnte von den Flammen erfasst werden," sage ich, „warum ruft denn keiner die Feuerwehr?"

„Die Feuerwehr?" fragt der Uniformierte verwundert, als höre er diese Berufsbezeichnung zum ersten Mal. Und deutet auf die Bergrücken hinter den Flammen.

„Die Feuerwehr ist in Radda."

„Ja. Und?"

„Wir sind hier in Monti."

Vergeblich suche in seinem Gesicht nach Hintergründigem, Doppelbödigem.

„Wie Sie sehen, liegen da einige Hügelkämme dazwischen," sagt er lächelnd.

„Aber entschuldigen Sie - das ist doch, das ist –"

„Verrückt, meinen Sie" unterbricht er mich belustigt, „*Si, si, ha ragione Lei*, da haben Sie schon Recht. Ein bisschen verrückt ist das schon. Wie eben alles bei uns in Italien."

Er wendet sich mir zu, schenkt mir wieder sein unbekümmertes Lächeln.

Ich schließe meine Augen und öffne sie langsam wieder.

Vor mir steht die kreischende Alte und hämmert auf ihren Kopf ein. Die Flammen bäumen sich auf und züngeln an den Olivenbäumen Monti in Chianti entgegen.

„Und das sagen Sie als Polizist?" frage ich bestürzt.

Er scheint völlig in den Anblick des brennenden Spektakels zu versinken. Wir beobachten gemeinsam die höherwogenden Flammen. Überall zwischen den enger am Ort wachsenden Bäumen parken die Autos der Festbesucher.

Wenn eben doch ein Wind aufkommt? Und das Feuer auf den Ort zutreibt?

Eine große Menschenmenge steht tatenlos an der Mauer, die den Ort umschließt. Alle schauen interessiert in die inzwischen meterhohen Flammen, die sich durch die Olivenbäume nach oben fressen.

Die Alte kreischt immer noch und zertrümmert ihren Kopf mit ihren Fäusten. Ihr Kopftuch hat sich nach hinten verschoben.

„Schau dir die Stämme an! Diese Bäume sind Jahrhunderte alt!" schaltet sich Anna jetzt ein.

Ich unternehme noch einen Versuch.

„*Senta*! Hören Sie!" sage ich zu dem Uniformierten. Und deute auf die Alte.

„Und wer gibt ihr ihre Bäume wieder, wenn das Fest vorüber ist?"

„Die Alte?" sagt der Uniformierte.

„Ja, die Alte! Die Abwechslung geht auf ihre Kosten."

„Ach, *signore*, machen Sie sich keine Sorgen wegen ihr! Die Alte kommt zurecht! Ihr Sohn arbeitet in Deutschland, in *Stoccarda*. Er schickt ihr regelmäßig Geld. Sie hat mehr Geld als wir alle."

Er betrachtet die brennenden Olivenbäume.

„Außerdem bewirtschaftet sie ihren Olivenhain schon lange nicht mehr," fügt er hinzu, „sie ist zu alt für diese Arbeit."

Anna sieht mich an.

„Gut, aber ist es nicht ihre Aufgabe als Polizist..." setzt Anna wieder an.

„*Non sono un poliziotto, Signora,* ich bin kein Polizist," unterbricht sie der Uniformierte.

„Und die Uniform?"

„Ach so, die Uniform," lacht der Mann, „ja, stimmt, sie mag Ihnen vielleicht ähnlich vorkommen. Sie sind mit den einheimischen Uniformen vermutlich nicht vertraut. Aber das ist keine Polizeiuniform."

Jetzt schauen wir ihn beide an.

„Das ist eine Uniform der Feuerwehr."

Und noch bevor Anna ansetzen kann, sagt er mit vor sich gehaltenen Handflächen:

„Ich bin aber schon lange pensioniert. Die Uniform ziehe ich nur auf Festen an. Meiner Frau zuliebe. Sie mag das."

Weitere Raketen werden abgeschossen. Die Feiernden betrachten den explodierenden Nachthimmel über ihnen und das auf und ab wogende Flammenmeer unter ihnen.

„*Vi saluto, Signori. Buona permanenza*! Ich grüße Sie und wünsche Ihnen noch einen schönen Aufenthalt!" sagt der pensionierte Feuerwehrmann und verschwindet im Gedränge der Feiernden.

Anna und ich schauen ihm hinterher.

Er weiß ja noch nicht, dass bereits ein strenger Winter auf die Olivenbäume der Toskana lauert, der den meisten von ihnen ohnehin ein Ende bereiten wird.
Oder doch?
Dann ist es freilich besser, sie in rauschenden Festen zu verbrennen.

Fliegende Mütter

1.

Nebbiano liegt zwischen den sich nach *Siena* hin öffnenden Weinbergen des südlichen Chianti. Früher war das Gebiet um den kleinen Ort noch nicht *bandita*. *Don Tarcisio*, der amtierende Pfarrer, hat immer wieder darum eingereicht. Erfolglos.

Bandita hat nichts mit Banditen zu tun. Es bedeutet Jagdsperrgebiet. Hier darf weder gejagt, noch mit geladener Waffe passiert werden.

Man vertröstete den vorausahnenden Pfarrer mit dem eher optimistischen Hinweis auf Rücksicht, Einsicht und Umsicht der hiesigen Jäger.

Die Jagd beginnt Ende August, und sie endet Mitte Januar. Es gibt eine unüberschaubare und eben auch unkontrollierbare Vielzahl an Gesetzen, die minutiös beschreiben, welcher Vogel, welches Kriech-, Hüpf- oder Lauftier wann, wo, wie und von wem geschossen werden darf.

Vor allem die Vögel sind ein beliebtes Jagdobjekt der toskanischen Jäger.

Darüber amüsiert sich die ganze Bar von *Remo Migli* in San Gusmé. Jedes Jahr wieder.

„Gesetze, Verbote!" grinst mir einer der gutbewaffneten Jäger entgegen. Und fährt sich mit dem Handrücken schabend über die Kinnspitze. Was in etwa bedeutet: wenn man sich darum kümmern wollte…

Schallendes Gelächter.

Während der Mittagsstunden sind alle toskanischen Bars voller Jäger. Düstere Gesellen. Mit mordlustigen Gesichtern. Denen man nachts nicht allein begegnen wollte. Tagsüber auch nicht.

Ein junger Bursche drängt sich im John-Wayne-Schritt aus dem dunklen Barhintergrund nach vorne.

„*Io sparerei anche mia madre se volasse,*" bellt er herausfordernd und hält mir seine doppelläufige Flinte unter die Nase.

Seine älteren Jagdkumpane scheint es nicht zu beindrucken, dass er auch auf seine Mutter schießen würde, wenn sie denn flöge.

Sie nicken und grinsen.

Würden auch sie auf ihre Mütter schießen, wenn sie flögen? Frage ich mich nachdenklich.

Gottseidank bin ich nicht ihre Mutter, denke ich. Und fliegen kann ich auch nicht.

Flugobjekte aller Art sind ein leidenschaftliches Ziel der unvollkommenen toskanischen Schießkünste.

Am gefährlichsten sind die ersten Jagdmonate. Nicht etwa die Hauptjagdzeit, wenn die Schießerei auf die Wildschweine eröffnet wird. Wie ein Unkundiger vielleicht meinen möchte.

Nein. So erfinderisch und schlau sie auch immer sein mögen, Wildschweine fliegen nicht hoch. Sie bleiben am Boden. Und da Wildschweinjagden organisiert sind, und die Jäger aus allen Richtungen ballern, kommt es eher zu internen Unfällen. Je nach Größe der anvisierten Schweine kommt es zu Beinschusswunden, innerkollegialen Knieschüssen. Mitunter auch zu unerfreulichen Bauchverletzungen.

Nein, nein. Die gefährlichste Zeit des Jahres sind der September und der Oktober. Wenn die organisierte Wildschweinjagd noch nicht begonnen hat. Zu dieser Zeit sind die Einzelgänger unterwegs. Schießwütige *Old-Fire-Hands*, die einen Augenarzt aufzusuchen nie für nötig befunden haben. Und sich mangels Zielsicherheit, durch weitgestreute Schrotsalven, ihre begehrten Vogeltrophäen zu sichern versuchen. Denn mehr als Trophäen sind es nicht. Zum Verzehr ist ein mit einer Schrottladung getroffenes Vögelchen nicht mehr geeignet.

Da zu dieser Zeit auch die toskanischen Pilzsucher durchs Unterholz streunen, sind sie besonders bevorzugte Jagdopfer.

Pilzsammler in der Toskana haben ohnehin nur geringe Überlebenschancen. Können sie sich vor den Jägern retten, lauern die Vipern auf sie, die, wie die Pilze, die feuchten Waldwinkel bevorzugen. Bei derart massivem Überlebensstress fallen leicht ein paar giftige Pilze ins Körbchen. Und die Pilzsammlerfamilie findet dann so ihr unvorbereitetes Ende.

2.

Es war an einem sonnigen Herbsttag. Erzählt Don Tarcisio.

Ein eisiger *tramontana* (ein landesüblicher Nordwind), fegt in heftigen Böen von den schon schneebedeckten Gipfeln der Apenninen über die Hügel des Chianti. Die von den Jägern bislang verschonten toskanischen Vögelchen trällern ahnungslos um die kleine Dorfkirche von Nebbiano. Die Messe ist gerade zu Ende. Die fünf Kirchgänger entfliehen eilig dem feuchtkalten Gewölbe. Lassen ein paar Lire in den muffigen Klingelbeutel plumpsen.

Plötzlich sirren Schrotkugeln um sie herum.

Dann knallt es.

Vier der Kirchgänger kommen mit dem Schrecken davon. Der fünfte, ein Tourist aus Deutschland, muss ins Krankenhaus von Siena gefahren werden.

Es dauerte, bis alle Schrotkörner aus seinem Gesicht entfernt werden konnten. Erzählt *Don Tarcisio*. Es wurden ihm sogar einige Haarbüschel aus der Kopfhaut gerissen. Die, laut Aussage des operierenden Arztes, nicht mehr nachwachsen würden. Berichtet *Don Tarcisio*.

Die kahlen Stellen in der Kopfbehaarung des Getroffenen scheinen ihm besonders erwähnenswert. Er zeigt mir ein Foto, das ihm der offenbar nachtragende Deutsche als stillen Vorwurf geschickt habe. Mehrmals tippt *Don Tarcisio* mit dem Zeigefinger aufgeregt auf die haarlosen Stellen auf dem Foto. Lächelt dabei betreten vor sich hin. Und schenkt mir, wie immer, von seinem unverzichtbaren *Vin Santo* ein.

„*Fu sfortunato il Suo connazionale,*" sagt er entschuldigend und schaut über meinen Kopf hinweg, „*voi altri siete troppo alti!*"

Er habe Pech gehabt, mein Landsmann, wir Deutsche seien einfach zu groß. Über die Köpfe der kleinen Toskaner seien die Schrotkugeln hinweggefegt.

Wie viele Vögel bei dieser unglücklichen Salve ihr Ende fanden, ist nicht überliefert. Aber danach wurde das gesamte Gebiet um die Kirche nun endlich zur *bandita* erklärt.

Glücklicherweise gibt es bis heute auch in der Toskana noch keine fliegenden Mütter. Ansonsten wäre es wohl nur eine Zeitfrage, wann sich die ansässige Bevölkerung auf ein Minimum reduziert haben dürfte.

Don Tarcisio

1.

Don Tarcisio wohnt in seiner Kirche. Direkt über dem Altarraum.

Er ist Pfarrer von Nebbiano, Lucignano, San Giusto. Metrano, Corsigniano, Torricella und Pianella. Insgesamt eine Kirchengemeinde von vielleicht zwanzig bis dreißig Seelen. Nur zwei davon sitzen allwöchentlich in seiner schnell heruntergeleierten Sonntagsmesse. Graziella und Ruggero, die in unmittelbarer Nähe seiner Kirche wohnen. Beide über achtzig.

Ein agiles kleines Männlein mit zerschlissener Kutte und wasserblauen Augen erscheint hinter dem Fliegenvorhang seiner Eingangstür. Sein Gesicht zerfällt in ein Lächeln.

Don Tarcisio lädt mich in sein Besucherzimmer ein. Bittet mich, auf einem seiner klapprigen Stühle Platz zunehmen. Und schüttet bernsteinfarbenen *Vin Santo* in bereitstehende verstaubte Weingläser.

„*Cincin!*" ruft *Don Tarcisio* fröhlich.

„*Cincin, alla Sua!*" antworte ich.

Wir reden und prosten uns immer wieder zu. Es geht nicht um das, was wir sagen. Dennoch sind die Worte wichtig. Sie tragen die Zeremonie. Neuigkeiten gibt es keine, also erzählt er, was er schon gestern erzählte. Und morgen werde ich es noch einmal erfahren. Und am Tag darauf wieder. Und auch morgen und übermorgen wird er unsere Gläser wieder randvoll mit seinem wunderbaren *Vin Santo* schenken, der nicht nur mich in diese kleine Kammer über der Kirche lockt.

Als ich mich verabschiede, will er mir noch einmal nachschenken. Doch es ist mir nicht entgangen, wie er verstohlen auf die Uhr über seinem Schreibtisch geschaut hat. Er hat noch anderes zu tun, als mit mir *Vin*

Santo zu süffeln. Und wer weiß, vielleicht stehen schon die nächsten Anwärter unten vor der Kirche. Also lege ich schnell meine Hand über das Glas, bedanke mich. Und stehe auf. Denn ich weiß, *Don Tarcisio* hört erst dann auf, mich zu einem nächsten Glas und einem neuerlichen Keks zu drängen, wenn ich aufgestanden bin.

Ich trete aus der niedrigen Tür und halte meine Hand zwischen mein Gesicht und die Abendsonne.

„*Lei mi chiese delle sedie, vero*? Haben Sie mich nicht um Stühle gebeten?" sagt *Don Tarcisio*.

Eine toskanische Verabschiedung ist an der Haustür noch nicht vorbei.

„*Venga*! Kommen Sie!" sagt er und zerrt mich mit kleinen, hastigen Schritten in seine Kirche.

Mit ausgestrecktem Arm zeigt er in das Dunkel.

Erst nach und nach gewöhnen sich meine von der Abendsonne geblendeten Augen an die Dunkelheit. Ich erkenne zwei übereinander gestapelte mit ein paar Nägeln zusammengehaltene Bänke vor dem Altar.

Er habe sie schon für mich bereitgestellt, sagt *Don Tarcisio*, packt sich eine der Bänke unter den Arm. Und stellt sie vor mich hin.

„*La può prendere*! Sie können sie haben, ich brauche keine zwei Bänke."

Ich sehe ihn überrascht an.

Ich weiß, dass die meisten Häuser der umliegenden Orte, die sie zu seiner Pfarrei gehören, leerstehen. Und nur noch Ruggero und seine Schwester zur Sonntagsmesse kommen. Trotzdem fühle ich mich irgendwie schuldig. Und als *Don Tarcisio* nun auch noch die zweite Bank aus seiner Kirche schleppt, wehre ich entschieden ab.

„*E Ruggero e Graziella? Dove si mettono?* Und wo setzen sich *Ruggero* und *Graziella* hin?"

Don Tarcisio winkt ab.

„*Ruggero? Lui da tanto non viene più alla messa*, Ruggero kommt schon lange nicht mehr zur Messe, und nun ja, allein für *Graziella*…"

Er wirft einen entschuldigenden Blick zum Altarkreuz hoch. Wendet sich dann wieder mir zu.

Er habe noch einen Stuhl in seinem Arbeitszimmer, den er dort nicht benötige.

Er scheint mein Zögern falsch zu interpretieren. Ich schaue beschämt vor mich hin.

Ob ich vielleicht lieber die zwei Stühle statt der Bänke wolle?

Er richtet seine fröhlich blitzenden Äuglein auf mich. Ich schüttele den Kopf. Bedanke mich. Klemme die beiden Bänke unter meine Arme. Und trage sie zu meinem Auto.

Als ich mich wieder umdrehe, winkt er mir zu.

Die Kirche sei für den Vatikan längst abgeschrieben, ruft er. Nach seinem Tod werde sie Kirche säkularisiert. Und ich könne sie dann kaufen und Feste darin feiern, fügt er schelmisch hinzu. Vielleicht sei ja dann noch etwas vom *Vin Santo* übrig.

Dann verschwindet seine schwarze Kutte zwischen den liebevoll umhegten Sträuchern und Blumen seines Gartens.

2.

Schon ein Jahr später wird die Kirche von Nebbiano säkularisiert. Zwei betuchte Mailänder Künstler kaufen die Kirche und richten sich ihr Urlaubs-Atelier dort ein.

Don Tarcisio zieht in ein Pfarrerwohnheim in Arezzo. Als Anna und ich ihn dort besuchen, errötet er und bittet uns einen Moment auf einer Bank im Gang Platz zu nehmen.

Er nehme gerade die Beichte ab, entschuldigt er sich.

Kurz darauf bittet er uns in seine spartanische Klause und entschuldigt sich noch einmal, dass er nur zehn Minuten Zeit habe. Dann müsse er die nächste Beichte abnehmen.

„Aber, *Don Tarcisio*, Sie sind doch jetzt im Ruhestand?" sage ich verwundert.

„Ruhestand? Von wegen."

Er sei mit seinen fünfundachtzig Jahren der Jüngste in diesem Pfarrerwohnheim. Und er müsse sich um alles kümmern. Der riesige Garten sei zu pflegen, das Haus sauber zu halten. Mittags und abends bekoche er seine über hundertjährigen geistlichen Brüder. Vormittags übernehme er die Aufsicht im Dom, naja, und die restliche Zeit gehe mit dem Abnehmen von Beichten dahin. Er komme nicht einmal mehr dazu, *Vin Santo* zu machen, klagt er.

„*Grave*," sage ich, „*questo è grave davvero.*" Das sei nun wirklich schwerwiegend.

Er lächelt und stellt die vertrauten zwei Gläser vor uns hin.

Ein paar Flaschen habe er noch hierher retten können. Dann sei Schluss mit *Vin Santo*.

„*Cincin!*" sagen wir, wie in alten Zeiten, und das steinharte Gebäck, das er uns, wie gewohnt, dazu reicht, muss er wohl auch aus diesen Zeiten herübergerettet haben.

Während unseres kurzen Besuches läutet es mehrmals an der schweren Pforte des mittelalterlichen Pfarrerwohnheims, und *Don Tarcisio* verlässt jedes Mal seine Klause um zu öffnen.

Anna klopft auf mein Handgelenk und deutet auf meine Armbanduhr. Ich nicke ihr zu.

Wir verabschieden uns.

Don Tarcisio begleitet uns an die Tür. Auf dem Gang sitzen vier junge Mädchen. Sie heben alle gleichzeitig ihre Köpfe.

„*Guardi!*" Schauen Sie! sagt *Don Tarcisio* und errötet wieder, „so geht es den ganzen Nachmittag!" Er kichert vor sich hin, während die Mädchen mit gesenkten Köpfen in seiner Klause verschwinden.

„Schau mal, wie er sich freut, für all diese jungen Menschen da zu sein," sagt Anna.

Und noch während wir die letzten Abschiedsworte wechseln, klingelt es neuerlich an der Tür. Diesmal sind es junge Burschen, die hereindrängen.

„Ja," seufzt Anna, während wir über die Piazza von Arezzo schlendern, „wäre ich nur katholisch! Ihm würde ich gerne meine Sünden anvertrauen!"

„Sünden? Welche Sünden denn?"

Wir lachen.

Man überholt nicht in der Kurve

Ich rase auf der Landstraße von Greve nach Firenze. Anna schläft auf dem Beifahrersitz. Ich nutze die Chance, schnellfahren zu dürfen. Sie hat Angst, wenn ich schnell fahre. Schließlich hat sie gesagt, dass sie eiligst zum Bahnhof müsse. Sage ich mir. Um eine weitere Ausrede zu haben, schnellfahren zu dürfen.

Es macht Spaß, über die sich durch die Hügellandschaft schlängelnden meist leeren Landstraßen der Toskana zu rasen.

Erst hinter dem Abzweig von Impruneta sichte ich den ersten störenden Verkehrsteilnehmer. In einem Alfa Romeo.

Einer dieser abgeklärten Fahrer, denke ich ärgerlich, der schnell voran kommen wollende Verkehrsteilnehmer egoistisch behindert.

Als ich zum Überholen ansetze, erscheint eine Kolonne Radfahrer auf der Gegenfahrbahn. Auch in der nächsten Kurve habe ich kein Glück. Eine neuerliche Radfahrerkolonne kommt in Viererreihen auf mich zu. Dann, endlich, in der nächsten ausladenden Kurve kann ich den blauen Alfa überholen. Die Reifen quietschen. Es ist das beruhigende Quietschen von Reifen, wenn sie nicht mehr ganz neu und noch nicht ganz abgefahren sind.

Blauer Alfa, schießt es mir durch den Kopf.

Der Blick in den Rückspiegel bestätigt meine Befürchtung. Ich habe ein Polizeiauto überholt.

Jetzt gebe ich auch noch Gas und lasse den Wagen durch weitere Kurven pfeifen. Die *Carabinieri* rücken auf. Ich trete aufs Gaspedal. Bäume und Kilometersteine fliegen links und rechts an mir vorbei. Und immer wieder Radfahrer im Sportdress. Und obwohl ich sehr schnell fahre, wächst der Polizeiwagen bedrohlich in meinem Rückspiegel.

Die wollen es jetzt natürlich wissen, denke ich und drücke das Gaspedal noch mehr nach unten.

Die *Carabinieri* schalten Sirene und Blaulicht ein.

Bleib stehen, du Idiot! sagt ein Befehl in meinem Kopf und unterbricht meinen Geschwindigkeitsrausch.

Die *Carabinieri* ziehen in einer ausladenden Kurve links an mir vorbei und bringen ihren Alfa, wie in einem amerikanischen Actionfilm, diagonal zur Straße zum Stehen.

Zwei Uniformen mit Maschinenpistolen springen aus dem Wagen. Auch dies einem amerikanischen Streifen gut nachempfunden.

Doch ich bin nicht im Kino.

Ich trete auf die Bremse. Mein Auto kommt quietschend und ruckelnd zum Stehen.

Ein *Carabiniere* mittleren Alters kommt auf mich zu, die Maschinenpistole im Anschlag. Seine Haare schwarz wie seine Waffe. Seine Augen blitzen gefährlich, während sein etwas älterer Kollege breitbeinig die Straße sichert. Auch er mit der Waffe im Anschlag.

Jetzt kommen natürlich keine Radfahrer. Oder irgendein anderer Verkehrsteilnehmer, der das nun zu erwartende Exempel mildernd beeinflussen könnte. Denke ich. Oder zumindest Zeuge übergriffiger Polizeigewalt sein könnte.

„Was wollen die denn? fragt Anna aufgeschreckt.

Falls sie schon vorher aufgewacht ist, konnte sie vom Beifahrersitz aus natürlich nicht in den Rückspiegel sehen. Aber vermutlich hat sie bis zu meinem abrupten Abbremsen sowieso geschlafen.

„Du weißt schon, dass ich den Zug erwischen muss?"

Ich öffne mein Seitenfenster.

„*Buongiorno, signore!*" sagt der *Carabiniere* höflich.

„*Buongiorno,*" sage ich.

„*Buongiorno,*" sagt Anna.

Der *Carabiniere* schwenkt seine Maschinenpistole beiseite. Wie zu erwarten, fragt er nach meinen Papieren. Ich beuge mich über Annas Oberschenkel. Krame meinen Führerschein, die Autopapiere und unsere beiden Reisepässe aus dem Handschuhfach. Reiche sie durchs Seitenfenster.

Der *Carabiniere* nimmt sich viel Zeit, all die Stempel zu mustern, die sich in meinen Pass angesammelt haben. Er studiert ausführlich zuerst uns. Dann unsere Fotos. Dreht unsere Ausweise in alle Richtungen. Trommelt mit ihnen auf den linken Seitenspiegel. Und schüttelt sie.

Hat er Bestechungsgeldscheine erwartet? Wie ich es von einigen östlichen Grenzübergängen her kenne?

Endlich taucht ein Radfahrer auf, der sich von seiner Kolonne gelöst zu haben scheint. Er schwitzt. Dann erscheinen auch schon die restlichen Sportsfreunde. Ungefähr zwanzig. Alle schwitzen. Sie winken zu dem an meinem Seitenfenster stehenden *Carabiniere* hinüber. Sie scheinen sich zu kennen. Denn der *Carabiniere* nickt ihnen zu. Seinen immer noch breitbeinig die Straße sichernden Kollegen beachten die Radfahrer nicht. Er sie auch nicht. Vielleicht sind sie ihm weniger gewogen. Oder er ihnen.

'Mein' *Carabiniere* senkt sein Gesicht auf Scheibenhöhe. Tiefe Sorgenfalten umwölken seine Stirn, als er mich mustert. Reicht mir dann wortlos unsere Dokumente wieder durchs Wagenfenster.

Er fixiert mich noch eine Weile. Sagt dann mit dröhnender Stimme und erhobenem Zeigefinger:

„*Non si sorpassa in curva, signore!* Man überholt nicht in einer Kurve!"

Ich starre auf meine Oberschenkel.

Natürlich nicht! Sage ich in mich hinein. Vor allem keine Polizeiautos.

Ob ich das wisse? fragt der *Carabiniere* auf mich herunter.

„*Si, signore! Lo so.* Ja, ich weiß das."

„*Ah, bene! Parla italiano.*"

„*Un po'*," sage ich unterwürfig, „*mi arrangio*, ich komme zurecht."

„*Beh, mi sembra che ci si arrangi abbastanza bene*, mir scheint, sie kommen ganz gut zurecht."

Ich freue mich über sein Lob, auch wenn ich mittlerweile mit der italienischen Höflichkeit vertraut bin. Hätte ich nur *Buongiorno* gesagt, würde er mich ebenfalls wegen meines guten Italienischsprechens gelobt haben.

Ich schau wieder auf meine Oberschenkel.

„*E allora?* Und nun?"

Als ich den Mund öffne, wischt er meine erwarteten Worte mit einer Handbewegung von sich weg. Dabei wusste ich gar nicht, was ich sagen wollte. Hab' nur schon mal meinen Mund geöffnet, um meinen guten Willen zu zeigen.

Er will ohnehin keine Einwände von mir hören. Er will überhaupt nichts von mir hören. Seine funkelnden Augen fordern Zerknirschtheit. Einsicht. Reue. Das würde ich ihm gerne geben. Aber ich weiß nicht, wie ich es ihm zeigen kann.

„Sie haben mich also verstanden?"

Ich schiele kleinlaut zu ihm hoch. Er schaut tief in mich hinein. Zumindest glaubt er das.

Minuten verstreichen. Minuten, die ich nachher wieder aufholen muss, damit Anna rechtzeitig zu ihrem Zug kommt.

Der *Carabiniere* wendet sich jetzt Anna zu. Lässt seinen Blick über ihre Beine wandern. Ich schaue geflissentlich zur Seite. Studiere das Armaturenbrett. Stelle fest, dass ich wieder mal tanken müsste. Fühle mich sehr unbehaglich.

Es gefällt mir nicht, wie er sich an Annas Beinen weidet. Versuche seinen Blick mental von ihnen abzuwenden.

„Wie schnell fährt das Auto eigentlich?" fragt der *Carabiniere* plötzlich interessiert. Wir betrachten jetzt gemeinsam das Armaturenbrett.

Ich nenne eine Zahl.

Der *Carabiniere* sieht mich fragend an.

„Bei Rückenwind," füge ich hinzu.

Die drohende Gebärde verlässt sein Gesicht. Er nimmt seine Uniformmütze ab. Der Ansatz eines Lächelns erscheint auf seinen Lippen. Verschwindet gleich wieder. Er setzt seine Mütze wieder auf, ruckelt sie zurecht. Und salutiert.

„*Buon viaggio, signore! E - mi raccomando, vada piano!* Gute Reise! Und fahren Sie langsam - auch wenn Sie einen schnellen Wagen haben!"

Ich hebe den Kopf aus meiner Demutshaltung.

„*Vada, vada*! So fahren Sie schon!" drängelt der *Carabiniere* und gesellt sich zu seinem Kollegen.

„Fahr zu!" zischt Anna, „bevor er sich's noch anders überlegt!"

Die *Carabinieri* sichern die Straße. Ich schere in die Fahrbahn ein. Und drücke das Gaspedal durch.

„Was war denn los?" fragt Anna, die des Italienischen noch nicht mächtig ist.

„Er hat uns gute Fahrt gewünscht," sage ich.

„Und das hat so lange gedauert?"

Trotz dieses Zwischenfalls erreichen wir pünktlich den Bahnhof Santa Maria Novella.

Der Zug jedoch hat zweieinhalb Stunden Verspätung.

Lino und die Zahnputzbecherablage

„*Faccio io!*" sagt *Lino* und nimmt mir Hammer und Nägel aus der Hand, „ich mach das schon!".

Er legt Hammer und Nägel beiseite, mit denen ich ein kleines Ablageregal in unser gemeinsames Bad nageln wollte.

Er traut mir nicht zu, dass ich einen Nagel in die Wand einschlagen kann. Betrachtet mich kopfschüttelnd. Zieht seinen Arbeitsoverall über. Nimmt seine Schutzbrille. Holt Bohrer, Schrauben und Dübel. Und legt sich das alles auf der Klobrille sorgfältig zurecht.

Ich erkenne meinen lückenhaften Bezug zur Praxis. Zugegeben, nageln wäre etwas primitiv gewesen.

Ich beobachte die Arbeitsvorgänge mit Interesse.

Lino ist aus Bari und studiert Medizin in Siena.

Ich habe diese *casa colonica* inmitten der Weinberge vor den Toren Sienas erst vor kurzem entdeckt. Das Landhaus war für einen günstigen Preis zu mieten. Und da dieses alte Gemäuer, wie baufällig auch immer, über stolze vierzehn Zimmer verfügt und *Lino* seinerseits in einer kleinen teuren Absteige wohnte, haben wir uns entschlossen zusammen hier einzuziehen. Zumal wir befreundet sind und beide diese Landschaft lieben.

Lino setzt die Schutzbrille auf, steckt die Bohrmaschine an die Steckdose, lässt sie zur Probe kurz aufheulen, steckt sie wieder aus, setzt einen Bohrer ein. Und steckt die Maschine wieder an den Strom.

Nichts.

Ob ich den Sicherungsschalter überprüfen wolle? Wie ich wisse, verfügt das Haus nur über 1,5 KW. Da springe die Sicherung schon manchmal heraus.

Natürlich weiß und will ich das. Schließlich hat er mich vor einem vorschnellen Eingriff bewahrt und ist mir mit Schrauben, Bohrer und Schutzmaske zu Hilfe gekommen.

Ich gehe nach unten zum Sicherungskasten und drücke den roten Schalter über dem Stromzähler nach oben. Sofort höre ich die Bohrmaschine oben aufheulen.

Vorsichtshalber warte ich ein paar Sekunden am Sicherungskasten. Da die Maschine weiter heult, gehe ich wieder ins Bad zurück. Sehe gerade noch, wie *Lino* die Schutzbrille über die Augen streift und die Bohrmaschine an der Wand ansetzt.

Ob der aus dem Bohrfutteral ragende Bohrer nicht vielleicht doch zu lang sei, frage ich ihn vorsichtig.

Lino winkt ab.

„*Non ti preoccupare!*"

Ich solle ihn nur machen lassen. Ich nicke. Und lasse ihn machen.

Was weiß ich schon von Bohrern!

Lino zögert, setzt die Bohrmaschine ab. Prüft noch einmal das mit einem Bleistift angezeichnete zukünftige Loch.

Wieder falle ich aus der mir zugedachten Rolle.

Er wisse sicher, dass es sich um eine dünne Zwischenwand handele.

Lino beachtet mich gar nicht.

Was weiß ich schon über Zwischenwände und Wandstärken!

Ich betrachte das bereitgelegte Regalbrettchen. Und kann neuerlich aufkommende Zweifel nicht verhindern.

Das anzubringende Brettchen ist etwa 5 cm breit und 30 cm lang. Es soll 2 oder 3, vielleicht 4 Zahnbecher tragen und ebenso viele Zahnbürsten. Mehr nicht.

Lino presst die Bohrmaschine mit dem langen Bohrer entschlossen gegen die dünne Ziegelwand.

Die Wand gibt schon beim Aufdrücken nach. Fängt an zu Vibrieren.

Vor Verlegenheit huste ich.

Ob ich mich erkältet habe, fragt *Lino* besorgt.

„Nein, nein," sage ich und huste noch einmal.

Auf dem Badfenster klebt die Frühlingssonne.

Die Bohrmaschine jault auf. Der Bohrer dringt knirschend ins Mauerwerk. Die Wand bebt auf beiden Seiten.

Dann, plötzlich, ein Ruck. Ein Mauerstück fällt auf der anderen Wandseite krachend zu Boden. Der Bohrer ist in meinem Schlafzimmer angekommen.

„Was habe ich gesagt?" entfährt es mir.

Lino schiebt die Schutzbrille auf die Stirn und wirft mir einen vorwurfsvollen Blick zu.

„*Va bene, va bene*, ist schon gut," sage ich.

Er geht an seine Werkzeugkiste, entnimmt ihr zwei Metallschrauben mit Flügelmuttern und hält sie mir vors Gesicht.

„*Già*," sage ich höflich, was so viel heißt wie ‚ahja', ‚aha', oder ‚jetzt versteh ich's'.

Ich verstehe natürlich nichts.

Lino legt die zwei Schrauben mit den Flügelmuttern auf die Klobrille.

Als er abermals die Bohrmaschine ansetzt, um nun durch das zweite angezeichnete Loch in mein Schlafzimmer zu bohren, erinnere ich ihn an die Schutzbrille. Nur um nicht wieder husten zu müssen.

Lino nickt. Schiebt die Brille über die Augen und setzt den Bohrer prüfend auf die markierte Stelle.

Wieder bewegt die Wand sich schwankend.

Lino legt die Bohrmaschine auf der Klobrille ab. Und geht in mein Schlafzimmer. Die Schutzbrille nimmt ihm die Seitensicht. Er stößt mit dem Kopf gegen den Türrahmen.

„*Dio serpente!* Schlangengott!" flucht er.

Ein beliebter Fluch in der Toskana. Wie *dio boia*, Henkergott, *madonna impestata*, verpestete Madonna oder *madonna in brodo*, Madonna in Brühe; auch *madonna zucchina* ist ein beliebter, etwas weniger deftiger Fluch. Die Toskaner bemühen gern Gott, Gottes Sohn und vor allem die Muttergottes für ihre Flüche. Ihre Flüche sind vielfältig, aussagestark und meist sehr deftig, hören sich aber in der Übersetzung schlimmer an als sie vom Fluchenden gemeint sind. Fluchen ist das erste, was ein neu Hinzugekommener in der Toskana lernt.

Ich weiß nicht, warum *Lino* nun die beiden Löcher von meinem Schlafzimmer aus betrachtet. Etliches vom Mauerwerk wurde durch den großen Bohrer in mein Schlafzimmer gequirlt. Er kehrt ins Bad zurück, steckt die zwei Holzschrauben in seine Gesäßtaschen, kramt zwei Metallschrauben aus seiner Hosentasche heraus. Und steckt sie durch die gebohrten Löcher.

„Und was ist mit den bereitgelegten Dübeln?" rutscht es mir heraus.

„Die brauchen wir nicht mehr," sagt *Lino* versöhnlich, nimmt seine Schutzbrille ab, zeigt mir die Schraubenenden, die gute zwei Zentimeter in meinem Schlafzimmer aus der Wand ragen und zieht nun zwei große Beilagscheiben mit den zugehörigen Flügelmuttern aus seiner Hosentasche.

„Aber die," sagt er, sieht mich triumphierend an, steckt die Beilagscheiben auf die Schrauben und dreht nun die Flügelmuttern darauf. Bis sie fest gegen die Mauer pressen.

„*Già!*" sage ich noch einmal.

Aber es nützt nichts. Ich muss trotzdem husten.

Doch *Lino* ist zu beschäftigt, um mich neuerlich mit einem tadelnden Blick zu bedenken.

Er geht ins Bad zurück, hängt zwei Dreieckswinkel in die beiden Schraubenköpfe, legt ein Regalbrettchen in die Winkel, stellt unsere beiden Zahnputzbecher auf das Brettchen. Steckt zwei Zahnbürsten hinein, legt eine Tube Zahn*pasta* und sein Mundwasser dazu. Und schmunzelt.

Ich gebe zu, an die Zahn*pasta* und das Mundwasser hatte ich nicht gedacht.

Lino sieht mich mit Augen eines Handwerkers an, der auf ein anerkennendes Wort wartet.

Was soll ich sagen?

„Es wird auch noch für die Zahnbürsten deiner Freundin reichen," sag ich zaghaft.

Man hätte einen Elefanten an jede der beiden Schrauben hängen können.

Abwägend prüft *Lino* die Stichhaltigkeit meiner Worte.

„Bravo," sage ich und klopfe ihm auf die Schulter.

Dann habe ich einen Einfall.

Während *Lino* sein Werkzeug aufräumt und aus seinem Arbeitsanzug klettert, hole ich meinen Bademantel und hänge ihn an eine der Flügelschrauben an meiner Schlafzimmerwand.

Lino sieht mich überrascht an.

„*Vedi, Daniele*, siehst du, wenn du mal eine Freundin hast, ist auch für ihren Bademantel noch eine Schraube frei," sagt er lachend. Und klopft mir nun seinerseits auf die Schulter.

Lino und der Schreibtisch

August. Die Sonne brütet unaufhörlich Hitze aus. Lino steht auf unserem gemeinsamen Hof neben einer kleinen Pinie. Er hat einen Taucheranzug an und eine Gasmaske vors Gesicht geschnallt.

Es ist Mittag. Die Pinie wirft keinen Schatten. Lino hat eine Wurzelbürste in der Hand. Auf die Borsten der Bürste träufelt er eine ätzende Flüssigkeit. Da die Gasmaske sein Blickfeld einengt, fallen die Tropfen neben die Bürste. Lino springt entsetzt beiseite, stößt den Behälter mit der Beize weit von sich, und bringt sich, den Taucheranzug und die Gasmaske in sichere Entfernung.

Jetzt nimmt er die Gasmaske ab, stülpt seine PVC-Handschuhe fester um seine Finger, und läuft zur Flasche, um noch einen Rest Ätznatron vor dem Auslaufen zu retten. Lino nimmt nun noch einmal die Bürste und die Flasche, dreht die Bürste nach oben, die Flasche nach unten. Die Flüssigkeit tröpfelt gleichmäßig auf die Borsten. Er legt die Bürste behutsam mit den Borsten nach oben auf den vor ihm stehenden Schreibtisch. Als er die Gasmaske wieder aufsetzt, muss ich für ihn mitschwitzen.

Lino dreht die Bürste mit den Borsten zur Schreibtischplatte. Und beginnt mit energischen Bewegungen das Ätznatron auf der lackierten Platte zu verteilen.

Nach ein paar Stunden hat Lino alle alten Lackreste entfernt. Nimmt die Gasmaske ab. Atmet mehrmals tief ein und aus.

„Puuuh!" sagt er, steigt aus dem Taucheranzug. Und schüttelt die überall auf seiner Haut verteilten Schweißtropfen von sich. Wie ein Hund, der gerade aus dem Wasser kommt. Denke ich.

Erst viel später wird er feststellen, dass der Schreibtisch viel zu groß ist, um ihn durch eine der Türen oder Fenster ins Haus zu transportieren.

Mein Freund Gianni

Ich fahre mit meinem Freund Mark durch die verschleierten Talwannen des Chianti in Richtung Siena. Es regnet wolkenbruchartig. Die Scheibenwischer haben Mühe, das Glas durchsichtig zu halten. Die Straße ist rillig und kurvenreich. Ich komme mehrmals ins Schleudern.

„Ich weiß nicht, warum alle von der sonnigen Toskana sprechen," meint Mark knatschig, „ich bin überzeugt, die Fotos sind alle retuschiert. Und die Sonne ist eine Erfindung der Maler und Dichter."

Ich wische versehentlich über meine Brillengläser. Doch der Regen ist außerhalb des Autos. Die Scheibenwischer schieben die Straße von links nach rechts und von rechts nach links. Vermitteln mir so auch optisch den Eindruck einer fortwährenden Schleuderpartie.

Wir kommen nach Radda in Chianti.

„Lass uns einen Moment hier warten! Ich sehe nur noch Schlieren."

Wir steigen aus, laufen zur nächsten Bar, bestellen zwei Cappuccini. Für Wein ist es noch zu früh.

Vielleicht *Vin Santo*?

Nein, wenn man mal den Vin Santo von *Don Tarcisio* gekostet hat, kann man keinen anderen mehr trinken, meint Mark.

Männer aller Altersgruppen stürzen mit übergestülpten Jacken beduinenähnlich auf die Bar zu. Sie sagen *„oijjoi, oijjoi!"* und *„accidenti!"* und *„tempo di merda!"*, und sie meinen alle den Regen.

In der Bar schütteln sie ihre Jacken aus. Kauern sich im Halbkreis um Mark und mich. Um diese Jahreszeit kommen nur selten Fremde hierher.

Außer uns bestellt niemand etwas. Frauen gibt es keine. Der Barmann lümmelt hinter der Kaffeemaschine. Stiert ausdruckslos auf die Glastür, wo die Regentropfen nach oben, nach unten, nach allen Seiten auseinanderstieben. Auch wir und alle andern starren auf die Glastür. Dann, als gehorche er unseren beschwörenden Blicken, lässt der Regen etwas nach.

Doch als wir voreilig die Bar verlassen, öffnet sich der Himmel vollends und es fällt eine flächige Masse Wasser wie ein Sturzbach auf Mark. Und mich. Und Radda in Chianti.

Die hellbraungesprenkelten alten Natursteinmauern färben sich dunkel im Regen.

Mark fragt mich, wo ich zurzeit wohne. Er weiß, dass ich meinen Aufenthaltsort häufig wechsle.

„Im Wochenendhaus eines Kunstprofessors aus Siena. Cotorniano, aber das wird dir nichts sagen."

Ich muss eine Schleife über Castellina in Chianti fahren. Zwischen Radda und Gaiole ist die Straße weggeschwemmt worden. In einer Straßenbar trinken wir nun doch je ein Glas Chianti, um unsere Stimmung aufzuheitern.

Wir halten unsere Gläser gegen die Sonne, die unerwartet einen Augenblick über die Wolkenballen blinzelt. Sagen *„che bel rubino"*, was wir immer sagen, wenn wir Chianti trinken. Wir sagen es, weil es die Toskaner sagen. Dann zerdrücken wir die fruchtigherbe Flüssigkeit zwischen Zunge und Gaumen. Wir ahmen das unvermeidliche sich stets gleich wiederholende Zeremoniell der *toscani* nach, um ein weinig mit dazuzugehören.

„Was ist das für ein Typ, dieser Kunstprofessor?" fragt mich Mark, während wir durch Rosìa fahren.

„*Gianni*?" sage ich und merke, dass ich ihn nicht beschreiben kann.

„Er ist... na, du wirst ihn ja gleich kennenlernen!"

*Gianni*s Wochenendsitz ist ein altes Bauernhaus oberhalb der dichten Wälder um Rosìa, in denen sich zu Kriegszeiten Hunderte von Partisanen versteckt hielten.

Inzwischen ist es dunkel geworden. Eigentlich müsste man von hier aus das Hoflicht von Cotorniano schon sehen.

„Komisch, es brennt kein Licht."

„Vielleicht ist er nicht da, dein Kunstprofessor, sagt Mark.

Wir sind beide etwas gereizt und hungrig.

„Unmöglich! Am Wochenende ist er immer da. Freitag kommen alle an, die ganze Familie mit Freunden und Freundesfreunden. Mit Plastiktüten voll Fleisch, Nudeln, vorgekochten Soßen, Obst und buntverschnürten Kuchen. Sie essen dann das ganze Wochenende durch und fahren am Sonntagabend mit vollen Bäuchen und leeren Tüten wieder nach Siena zurück."

„Ganz schön eingefahren, deine Italiener!" sagt Mark.

Mein Kunstprofessor. Meine Italiener. Warum ordnet er mir eigentlich alles zu?

Wir sind am Haus angekommen und steigen aus.

Es ist dunkel und feuchtkühl.

„Vielleicht ist er ja beim Brotholen," sagt Mark spöttisch.

„Beim Brotholen?"

„Erinnerst du dich denn nicht an die Bertoleris?"

„Die Bertoleris?"

„Kann man sowas denn vergessen?" wundert sich Mark, „wir waren zum Essen eingeladen. Das Brot war vom Vortag. Italiener essen kein Brot vom Vortag, sagtest du damals noch."

„Ja, jetzt erinnere ich mich. Ich fuhr mit dem alten Bertoleri zum Brotholen. Obwohl die *pasta* bereits dampfend auf dem Tisch stand.

,*La pasta è pronta!*' riefen die Frauen verärgert. Aber es half nichts. Ohne frisches Brot kein Mittagessen. Nach einer Stunde Herumfahrens hatten wir schließlich das frischeste unter all den alten Broten gefunden. Denn es war ein Feiertag. Wir kamen zurück. Und nun waren die Nudeln natürlich wieder kalt."

„Ja, ich schlug dann vor, sie wieder aufzuwärmen. Einfach nur aufwärmen, das geht nicht, sagtest du. Ich fragte, warum denn nicht. Und du sagtest, es geht nun mal einfach nicht. Italiener wärmen keine *pasta* auf. Also setzten die Frauen das Nudelwasser noch einmal auf."

„Und inzwischen war das Brot wieder alt geworden."

Wir lachen.

Unsere Gereiztheit verschwindet einen Augenblick hinter unseren gemeinsamen Erinnerungen.

Plötzlich erscheint Licht in einem Fenster hinter der Loggia.

„*Ciao, Gianni, sono io! Daniele!*" rufe ich hoch.

Zwischen nebeligen Dämpfen, die aus dem feuchten Boden aufsteigen, erscheint *Gianni*. In Unterhose und Pelzmütze.

Ich deute auf Mark und sage:

„Das ist mein Freund Mark. Erinnerst du dich? Ich habe dir letztes Wochenende erzählt, dass er mich besuchen käme."

Ich deute auf *Gianni* und sage jetzt auf Deutsch:

„Mark, das ist mein Freund *Gianni*."

Das alles sage ich laut und deutlich, wie mir Mark später bestätigt.

Dennoch sagt *Gianni*:

„*Chi è?* -wer ist da?"

Ein Bild huscht durch mein Gedächtnis:

Es war vor drei Wochen. Ich spielte mit *Gianni* Schach. Dann noch eine Partie mit seinem Freund Lino. Wir amüsierten uns über unser unkonzentriertes Spiel. Wir spielten so schlecht, dass wir loslachen mussten. Auf einmal kam *Gianni* auf uns zu, entriss uns das Schachbrett, das er selbst entworfen hatte, schleuderte es ins Kaminfeuer, beschimpfte mich und Lino. Jagte uns aus dem Zimmer. Und rannte in die Partisanenwälder.

„*Ouh, Gianni! Sono io, Daniele!*" sage ich noch einmal und gehe auf die beleuchtete Loggia zu.

Mark hält mich zurück.

„Schau mal!"

Jetzt sehe auch ich es: *Gianni Farelli*, ordentlicher Professor am *istituto delle belle arti* von Siena, hat eine Schrotflinte in den Händen.

„Hält der uns für Wildschweine?" fragt Mark.

„Auf Wildschweine schießt man nicht mit Schrotflinten," kläre ich ihn auf.

„Sein Outfit passt freilich auch nicht zu einem Jagdeinsatz," sagt Mark.

Das Haus steht abseits zwischen den Bäumen. Die spärlichen Lichter der Loggia werfen blaugrüne Lichttupfen auf die nassen Blätter der Steineichen. Feuchtigkeit kriecht in meinen Hosenbeinen hoch.

„Und du bist sicher, dass es sich bei dem dort oben nicht um einen gemeingefährlichen Verrückten handelt?" erkundigt sich Mark.

„Ich habe dir doch gesagt, er ist manchmal ein bisschen komisch," versuche ich Mark zu beschwichtigen.

„Hast du nicht gesagt."

„Nein? Dann muss ich es vergessen haben."

„Schade," sagt Mark.

„Schade? Was? Wieso?"

„Du hättest es sagen sollen."

„Jetzt stell dich nicht so an! Komm, wir gehen ihn begrüßen!"

„Machen wir das nicht gerade?"

Ich packe Mark am Jackenärmel.

„Jetzt komm!"

„Das passt alles nicht zusammen," grummelt Mark, „der regenschwere Wald, die Unterhosen, die Pelzmütze und das Schießgewehr. Was hat dein Toskana-Regisseur sich da nur wieder einfallen lassen?"

„Du wirst sehen, er ist ein netter Kerl."

„Nur ein bisschen komisch, manchmal."

„Okay. Du kannst ja hier im Regen stehen bleiben. Ich jedenfalls geh jetzt rein."

Doch nun packt Mark mich an meiner Jacke. Und zieht mich zurück.

Gianni hat sein Gewehr angelegt und richtet es auf Mark und mich. Mehr auf ihn, wie Mark später behauptet.

Hinter uns im Lichtschatten zwischen den Bäumen weiß ich mein Auto. Aber es ist zu weit weg. Und das Gewehr zu nahe.

„Wenn du noch einen Schritt näherkommst, schieße ich dich zusammen, dich und deinen *amico di merda!*" brüllt er mit überschnappender Stimme.

Das hat auch Mark verstanden. Wer hier der Scheißfreund sei, möchte er wissen.

„*Gianni, eii!* Erkennst du mich denn nicht? *Sono iiiooo: Danieeele!*"

Als Antwort klickt sein Gewehr.

Das sei nun deutlich genug, meint Mark und zerrt an mir.

„Ach, das ist nur einer seiner Gags!"

„Toller Gag!" grunzt Mark.

Auf der Loggia erscheint ein Blitz. Kurz darauf knallt es. Ich spüre dumpfen Druck in meinen Ohren.

Der Druck geht in Sirren über. In Pfeifen. Dann absolute Stille. Aus der Stille wächst anschwellendes Rauschen.

Es hat wieder zu regnen angefangen. Und lautes Stampfen lässt den Waldboden beben.

„Was ist das? Ein Erdbeben?" flüstert Mark.

„Vermutlich Wildschweine, die durch den Schuss aufgeschreckt wurden."

Mark und ich und die vermuteten Wildschweine laufen zurück in die Dunkelheit.

„Scheiße, mein Schienbein!" flucht Mark und schlägt mit der Faust auf den Kotflügel meines Autos.

Auch ich habe das Auto weiter hinten im Wald vermutet. Und ramme meine Schulter am Seitenspiegel.

„Kommen noch mehr Überraschungen? Dann sag es mir lieber gleich!"

„*Via! Via! Andatevene*! Haut ab! Haut ab!" schreit *Gianni* hysterisch und lässt noch einmal eine Ladung Schrot in den Blätterwald spritzen. Der Knall wird durch den Regen gedämpft.

Dann höre ich Mark neben mir stöhnen.

Ich taste mich um das nasse Blech des Wagens herum.

„Was ist los? Hat er dich getroffen?"

„Mein Schienbein!" wiederholt Mark, „warum musst du auch deinen Scheißkarren mitten im dunklen Wald abstellen!? Und was ist mit den Wildschweinen?"

„Die sind längst über alle Berge."

Ich weiß nicht, warum wir warten bis wir völlig durchnässt sind, bevor wir in den Wagen einsteigen. Erst dann öffnen wir die Autotüren. Und lassen uns auf die Sitze fallen.

Gianni ballert noch ein paar Mal in den sonst friedlichen Nachtwald. Dann sehe ich ihn, in Unterhose, Pelzmütze und Schrotflinte hinter dünnen Regenfäden von der Loggia verschwinden. Das Licht auf der

Loggia erlischt. Die immergrünen Steineichen werden schwarz, als wären sie immer so gewesen.

„Dein Freund *Gianni*," raunzt Mark, während ich den Wagen starte.

Die Straßensperren von Rosía

An einem strahlenden Oktobertag kurve ich gutgelaunt bei leicht geöffnetem Schiebedach mit meinem alten Daimler von Siena nach Rosía. Lenkrad und Ganghebel sind so heiß, dass ich sie kaum berühren kann. Über dem Armaturenbrett flimmert die Luft. Ein Oktobertag, wie man ihn sich in unseren Breitengraden nicht vorstellen kann.

Aus den Autolautsprechern tönt die vertraute Stimme Edoardo Bennatos. Ein *cantautore italiano,* den ich sehr schätze.

Nach Volte Basse entdecke ich eine Polizeisperre im gleißenden Licht des Nachmittags. Ich lasse den schweren Wagen die Anhöhe hinabrollen. Fingere gelassen nach meiner Jacke.

Oh je, ich habe meine Jacke nicht dabei! In der Jackentasche steckt mein Ausweis. Und mein Führerschein.

Die Straße ist zu schmal, um zu wenden. Zudem bedrängt mich ein Lieferwagen von hinten.

Meine Gelassenheit schwindet.

Kurz nach der Entführung von Aldo Moro fahre ich, Deutscher, langhaarig, bärtig, ohne Papiere, mit einer großen Limousine in eine Polizeisperre. Längst wird gemunkelt, dass Deutsche die Entführung angezettelt haben könnten.

Aus der Sicht der Carabinieri bin ich ein Bilderbuchterrorist.

Ich bereite mich auf einen langen sonnenlosen Nachmittag und zermürbenden Abend auf einer muffigen Polizeiwache vor.

Der Lieferwagen schließt immer mehr auf, bedrängt mich, berührt schon fast die Stoßstange meines

Wagens. Schert plötzlich aus. Rast an mir vorüber. Und biegt unmittelbar darauf nach rechts in eine Seitenstraße ein.

Statt den mir so deutlich vor Augen geführten Ausweg zu erkennen, ärgere ich mich über die hektische Ungeduld der italienischen Autofahrer, gleich darauf über meine unangebrachte Pauschalisierung. Fluche aber trotzdem dem Lieferwagen hinterher.

Jetzt schießt auch noch ein Cinquecento links an mir vorbei. Biegt ebenfalls in die Seitenstraße ein, die dann gleich wieder auf die Hauptstraße zurückführt.

Fiat-Fahrer, Lieferwagenfahrer und Polizisten winken sich gegenseitig zu.

Irgendetwas in mir scheint jetzt was begriffen zu haben. Denn als ich an besagter Weggabelung ankomme, schiebe ich, wie ferngesteuert, meinen Blinkhebel nach rechts. Und biege ohne Hast in die kurze Umleitungsstraße ein, die u-förmig wieder auf die Hauptstraße zurückführt. Um jetzt auch noch gelassen zu den *Carabinieri* hinüberzuwinken, fehlt es mir dann doch an Dreistigkeit.

Aus dem Augenwinkel beobachte ich wie die Polizisten Tüten aus dem Innenraum ihres Fahrzeugs holen. Mit Schinken und *pecorino* belegte *panini* auspacken. Auf der Motorhaube verteilen. Und gemütlich zu kauen anfangen.

Im Rückspiegel sehe ich, wie auch alle anderen Verkehrsteilnehmer in die Seitenstraße einbiegen, um dann, nach etwa fünfzig Metern, mit einem kleinen Linksschlenker wieder auf die Hauptstraße zurückzufahren. Auch die Entgegenkommenden umgehen linksblinkend die lästige Sperre.

„*Isola che non c'è*" tönt es jetzt aus den Lautsprechern. Eins meiner Lieblingslieder von Edoardo Bennato. Ich drehe das Radio lauter. Meine Gelassenheit und Lebensfreude kehren wieder zurück.

Die *Carabinieri* haben wohl den Auftrag erhalten, irgendwo zwischen Siena und Rosía eine Straßensperre zu errichten. Und haben hier die für alle Beteiligten günstigste Stelle gefunden. Für sich. Für mich. Und für alle anderen Verkehrsteilnehmer.

Ich fahre weiter durch den ausklingenden Oktobertag. Genieße ihn nun noch mehr als zuvor.

In Rosía trinke ich einen *caffè corretto con Stravecchio*. Das ist ein Espresso, mit einem wunschgemäß großen Schuss Brandy 'korrigiert', wie die Italiener es nennen. Man kann den *caffè* natürlich auch mit Whisky, Sambuca oder Grappa ‚korrigieren'. Der Barmann kippt die entsprechende Flasche abwartend über die dampfende Espressotasse. Der Gast senkt dann langsam den Daumen nach unten. Und wenn der Daumen wieder nach oben geht, ist die individuelle Korrektur des Gebräus erreicht. Nicht selten dient der Kaffee nur als Alibi für den Schnaps.

Ich lehne an der warmen Natursteinmauer der Bar und beobachte, wie Basilikumsträucher aus Persil-Eimern und oben abgesägten rostigen Benzinkanistern wachsen. Ein leichter Wind kitzelt meine Unterarme. Ich beschließe, mein Glück weiter herauszufordern, und noch ein Stück weiter ins weiche Abendlicht hineinzufahren.

Bereits wenige Kilometer hinter Rosìa scheint mein Glück ein Ende gefunden zu haben. Eine neuerliche Polizeisperre klotzt pietätlos neben der antiken *ponte della pia*, auf die Dante einst seinen Fuß gesetzt haben soll.

Ich schaue nach rechts, schaue nach links.

Keine Umfahrungsmöglichkeit in Sicht. Es gibt nur diese eine Straße. Zu beiden Seiten steigen die im Abendlicht silbern blinkenden Steineichenwälder steil nach oben.

Mein Wonnegefühl verebbt. Mit ihm der beschwingte Oktobernachmittag.

Ich fingere noch einmal durch meine Taschen und Ablagen. In der rechten Hosentasche finde ich einen Fünftausend-Lire-Schein. Und, wie immer, ein paar meiner vollgekritzelten Zettel. In der linken ein im Einpackpapier verklebtes Salbeibonbon. Mittlerweile vermutlich ungenießbar. Auf den Ablagen verteilen sich Musikcassetten ohne Hülle. Zwei Tempotaschentücher. Und der eine und andere Fussel. Kein Führerschein. Kein Fahrzeugschein. Kein Personalausweis.

Warum bin ich nicht umgekehrt?

Warum musste ich mein Schicksal weiter herausfordern, nachdem vorhin noch alles gut gegangen war?

Unnütze Fragen.

Die Sperre kommt näher.

Wenn ich jetzt ausstiege? Und durch die Wälder liefe?

Beim Anblick der vor den Bäuchen der Carabinieri baumelnden Maschinenpistolen nehme ich Abstand von dieser Variante, meinen Abend zu retten.

Früher oder später werden sie schon herauskriegen, dass ich Moro, der im ganzen Land fieberhaft gesucht wird, weder entführt noch sonst irgendwas ausgefressen habe, versuche ich mich zu beruhigen.

Ja eben, früher oder später.

Aber kann ich mir da so sicher sein?

In der unübersehbaren Fülle von Geboten, Verboten und Auflagen hierzulande ist mir vielleicht doch ein Fehlerchen oder gar ein Fehler unterlaufen. Vielleicht habe ich irgendetwas unterlassen oder getan, was mir als versäumte Bürgerpflicht oder gar als gesetzeswidriges Verhalten ausgelegt werden kann?

Und prompt wird mir so ein Fehler bewusst: die Ausweispapiere mitzuführen ist auch hierzulande vom Gesetzgeber auferlegte Bürgerpflicht. Besonders ratsam bei verdächtigem Aussehen. In prekären Situationen. Während angespannter Zeiten.

Immer mehr Fragen dümpeln durch meinen Kopf.

Wer ist dieser Aldo Moro eigentlich?

Ich meine, was weiß ich denn wirklich über ihn? Vielleicht wäre es ratsam in der gegebenen Situation, etwas über ihn zu wissen?

Er ist ein führender Politiker der *Democrazia Cristiana*. War mal italienischer Ministerpräsident. Soviel immerhin weiß ich. Und dass er als Hoffnungsträger gilt. Weil er sich um eine Zusammenarbeit zwischen dem rechten und linken politischen Lager bemüht. Um die Korruption im Land zu bekämpfen.

Während ich langsam auf die Polizeisperre zurolle, fällt mir auch noch ein, dass bei Moros Entführung alle seine Leibwächter umgekommen sind. Und mir wird immer unbehaglicher zumute. Ich beobachte, wie der Fahrer des vor mir stehenden Autos seinen Kofferraum öffnet. Begleitet von zwei Carabinieri mit MP im Anschlag. Na klar. Moro könnte ja gefesselt und geknebelt in einem Kofferraum versteckt liegen.

Und schon bin ich an der Straßensperre angekommen.

Ich weiß, die *Carabinieri* werden mir nun ihre Fragen stellen. Meine aber nicht beantworten. Und jetzt fangen auch noch meine Hände zu zittern an.

„*Buonaseera, signoore!*" sagt ein junger *Carabiniere* in neapolitanischem Singsang. Und hält seine Hand zuerst flach gegen seine Uniformmütze, dann mit einer gekonnten halben Drehung fordernd durch mein offenes Seitenfenster.

Und nun die unvermeidlichen Worte:

„*I documeenti per favoore!*"

Ich weiß nicht, warum ich ein weiteres Mal meine Hosentaschen und mein Handschuhfach durchwühle. Vermutlich, um Zeit zu gewinnen.

Zeit, wofür?

Der *Carabiniere* wartet geduldig an meinem Autofenster. Oder er tut nur so. Dann besinnt er sich plötzlich anders, zieht seine Hand zurück.

„*Va bene, signore*, öffnen Sie inzwischen Ihren Kofferraum!"

Ich bin froh, wenigstens einer seiner Aufforderungen nachkommen zu können. Steige aus. Drücke mich an seiner Maschinenpistole vorbei, um hinter mein Auto zu gelangen.

Hoffentlich geht sie nicht versehentlich los, denke ich. Und drücke auf den Knopf des Kofferraumdeckels.

Er klemmt.

Ich drücke weiter.

Befürchtungen, Ängste, allerlei Vorstellungen und Gedanken kreisen in meinem Kopf. Senden ungute Signale in meine Nervenbahnen. Ich weiß nicht, ob ich innerlich oder auch äußerlich bebe. Betrachte die blanken Stiefel des *Carabiniere*. Drücke. Drücke. Schlage schließlich mit der Faust auf den Knopf, um meinen guten Willen zu zeigen, damit die *Carabinieri* nichts merken, falls ich doch auch äußerlich zittere. Schweiß sammelt sich in meinem Nacken. Verzweiflung in meinem Kopf.

Ich fange wieder an, meine Kleidungsstücke abzusuchen. Gleichzeitig presse ich meine Kniescheibe gegen den Kofferraumknopf.

Der *Carabiniere* hängt seine Maschinenpistole etwas seitlicher. Krallt seine Finger unter das Blech, während ich weiter mein Knie gegen den Entriegelungsknopf stemme.

Aber auch unsere gemeinsamen Bemühungen bleiben erfolglos.

Der hilfsbereite *Carabiniere* schwenkt die Maschinenpistole wieder auf seinen Bauch zurück. Und trommelt nun mit den Fingerkuppen auf der Kofferraumklappe herum.

Ich spüre, seine Geduld ist am Ende. Meine Nerven auch.

Dann plötzlich, wie von selbst, bewegt sich der Verriegelungshaken. Doch noch ehe ich erleichtert aufzuatmen vermag, erscheinen zwei große faltige Hände. Und drücken die Klappe, die sich gerade einen Spalt öffnen wollte, wieder nach unten. Sie klickt in die Verriegelung zurück.

„*Buoonasera, dottoore!*" sagt der offenbar ranghöhere *Carabinier*e. Schiebt seinen Kollegen beiseite, reicht mir eine seiner großen faltigen Hände. Und wendet sich vorwurfsvoll an seinen Kollegen.

„*Ma, Salvatore, cosa stai facendo? Mi raccomando, non controlliamo mica il dottore di* Cotorniano! *È un amico del nostro carissimo professore Farelli*, wir kontrollieren doch nicht den *dottore* von Cotorniano! Der *dottore* ist ein Freund unseres geschätzten Professors *Farelli*.

Der *maresciallo* scheint mich zu kennen.

Ich kenne ihn nicht.

„*Si, maresciallo, si! Mi scusi, maresciallo!*" sagt sein Untergebener und salutiert. Dann zu mir gewandt: „*Mi perdoni, dottore! Non sapevo, che Lei è un amico del Professore.*"

Er verbeugt sich und schlägt die Hacken aneinander.

Dottore, das kann in Italien alles heißen: Eine Ehrenbekundung, egal, ob man einen Doktortitel hat oder nicht. Hin und wieder auch eine zweideutige Anrede, die jedem gezollt wird, den man als höhergestellt vermutet oder aus Höflichkeit willkürlich höherstellt. Manchmal auch eine ironische Anspielung auf eine im Grunde völlig ungebildete Person. Häufig dient diese Anrede auch einer freundschaftlichen Veräppelung. Und letzten Endes ist es auch die Anrede einer Person, die sich tatsächlich einen Doktortitel erworben hat.

Nun kann ich es mir aussuchen.

Der *maresciallo* beordert seinen Kollegen zum Polizei-Alfa zurück. Entschuldigt sich noch mehrmals für die Belästigung. Und fordert mich auf, ihn in Rosìa, wo er wohne und ihn jedermann kenne, baldmöglichst zu besuchen. Er, seine Frau und natürlich auch seine Kinder, ein Sohn und zwei Töchter, würden sich darüber sehr freuen. Vor allem möge ich den *professore* von ihm grüßen. Sie seien ‚*amici intimi*,' eng befreundet und kennten sich schon von Jugend auf.

Der *professore* sei ein großer Künstler. Er dreht sich zur Seite. Und hebt seine Hände nach oben. Als stünde der *professore* unsichtbar vor ihm.

„Aber das haben Sie ja sicher schon selbst gemerkt, *dottore*, nicht wahr?" fügt er hinzu. Legt seinen Arm freundschaftlich um meine Schulter. Geleitet mich zu meiner immer noch offenen Wagentür. Und lächelt mir aufmunternd zu.

Ich bin zu verwirrt, um zu lächeln. Lasse mich wortlos auf den Fahrersitz plumpsen. Erwidere sein Winken und den ehrerbietigen Gruß seines Kollegen. Und fahre weiter in den herangerückten Abend hinein.

Die Schatten der Olivenbäume schieben sich in die Straße.

Erst als Edoardo Bennatos Rockstimme zu singen aufhört, begreife ich es vollends:

Freunde von Freunden werden hierzulande nicht nach Papieren befragt. Wenn man jemanden kennt, der einen kennt, oder erkannt wird von jemandem, der einen kennt, den man selbst nicht kennt, kriegt man in Italien einen geraubten Goldschatz, eine Geisel, und vielleicht sogar eine Leiche im Kofferraum durch alle Straßensperren.

Und es gibt Ausweichmöglichkeiten.

Traktorfahrer gesucht

1.

Die *fattoria* von Mont'Alto steht vor dem Bankrott. Sagt man. Conte Aldo Rinaldini ist endlos verschuldet. Sagt man. Wachsende Zinsen, hohe Besteuerungen, unrentable Agrarwirtschaft und unvorteilhafte Verträge zerfressen eines der gewaltigsten Besitztümer der Toskana.

Es ist wie das langsame Verenden eines mächtigen, in sich zusammenschrumpfenden Tieres.

Um aus der Finanzmisere herauszukommen, hat Conte Aldo vor Jahren die *cantina* von Mont'Alto an eine kanadische Gesellschaft verkauft. Mit der *cantina* erwarben die Kanadier das uneingeschränkte Flaschenabfüllrecht für den renommierten '*Chianti classico di Mont'Alto*'.

Das war der Dolchstoß ins Herz des Imperiums Rinaldini.

Die Kanadier richteten sich in den Weinkellern ein, erhielten enorme staatliche Zuschüsse, vergrößerten, modernisierten - und profitierten. Das Weingut selbst jedoch, die *fattoria*, hat Conte Aldo nicht mit abgegeben.

Das war ein weiterer Fehler.

Denn die Aufgabe der *fattoria* ist es, die Weinberge zu pflegen, die Reben zu beschneiden und zu binden, Ungeziefer und Krankheiten von den Stöcken fernzuhalten; schließlich die Weinlese selbst, die *vendemmia*, zu organisieren und durchzuführen. Hierauf die Pressung, die Gärung, das Filtrieren und endlich das Einlagern des Chiantis in kostspielige Eichenfässer. Das alles ist mit hohen Personalkosten, Materialaufwand und Risiko verbunden.

Bis zu diesem Zeitpunkt hat der Wein den Großteil der Mühen und Kosten gefordert.

Jetzt tritt die *cantina* der Kanadier in Aktion.

Laut vertraglicher Vereinbarung ist die *fattoria* verpflichtet, den offenen Wein, den *vino sfuso* für einen Spottpreis an die *cantina* abzugeben. Für *vino sfuso* zahlt man sehr wenig in Italien.

Die Kanadier füllen den offenen Wein in Flaschen ab, kleben Etiketten darauf und erobern nun mit dem so ‚veredelten' teuren Wein und dem klingenden und berühmten Namen *Conte Rinaldini* für sich den Markt.

Um den Vertrieb uneingeschränkter ausweiten zu können, sind sie vorsichtshalber aus der qualitätsbindenden Winzergenossenschaft des *gallo nero* ausgetreten.

Conte Rinaldini bekommt man in allen Größen und Sorten in jedem italienischen Supermarkt, in jeder Bar, an jeder Autobahnraststätte - und, wie mir Freunde glaubhaft versichern, in diversen Pizzerien Londons, Berlins, New Yorks und sogar in einigen Restaurants von Philadelphia.

Der Verkauf der *cantina* an die Kanadier brachte Conte Aldo Rinaldini die vorläufige Tilgung seiner Schuldzinsen, der anhängende Vertrag mit dem Flaschenabfüllrecht programmierte jedoch seinen endgültigen Bankrott.

2.

Ich betrete das Büro der *fattoria*, um die Miete für unsere *casa colonica*, unser Bauernhaus, zu bezahlen.

„Schicken Sie mir doch bitte jemanden vorbei, der unsere Versitzgrube auspumpt!" bitte ich den *fattore,* bevor ich das Verwalterbüro wieder verlasse.

Der *fattore* hebt die Schultern und mit ihnen hebt sich das Weingut, das nur noch auf diesen Schultern ruht. Die Gebäude fangen an zu wanken, die Hallen, die Traktoren, die Aktenordner in den Regalen.

Unwillkürlich ducke ich mich.

„Wen bitte soll ich denn schicken, Signor Daniel?" fragt der Verwalter und dreht sich einmal um seine eigene Achse.

„Egal," sage ich, „schicken Sie mir irgendeinen, Hauptsache unsere Grube wird ausgepumpt."

Noch einmal hebt der Verwalter seine Schultern.

„Heute um 13 Uhr musste ich meine Arbeiter entlassen."

Er sagt es, als habe er seine eigene Familie aus dem Haus gejagt.

Jetzt ist es mir peinlich wegen meiner Versitzgrube. Ich könnte sie ja selber ausschaufeln und die Exkremente mitsamt der Restflüssigkeit irgendwo am Gartenrand vergraben.

Eine junge Frau von der Gemeindeverwaltung sitzt lässig auf dem monströsen Schreibtisch des Verwalters, wippt mit ihrem Knie, notiert Zahlen und Daten in ein Verzeichnis. Und jagt den untersetzten *fattore* von Aktenschrank zu Aktenschrank.

„Da muss ich mich eben woanders umsehen," sage ich zum *fattore*, „irgendwie werden wir unsere Grube schon leer kriegen."

„Suchst du Arbeit?" sagt die Frau von Gemeindeverwaltung, ohne aufzusehen.

Meint sie mich? Denke ich.

Offenbar hat sich mich missverstanden.

Ich schaue den *fattore* an. Der *fattore* sieht mich an.

„Franco, der Besitzer von *Mont' Allodole* sucht einen Traktorfahrer," sagt sie, während sie weiter Zahlen in ihr Verzeichnis notiert, „Franco war heute früh bei uns auf der Gemeinde."

Sie hat lange schwarze Haare. Und trägt einen kobaltblauen Anorak.

Der *fattore* versucht zu lächeln. Es gelingt ihm nicht.

„Ach hör doch auf mit *Mont' Allodole*, Francesca!" sagt er müde, „die suchen doch schon seit Ewigkeiten nach einem Traktorfahrer! Wie viele habe ich denen schon vorbeigeschickt! Und keiner war ihnen gut genug. Wahrscheinlich suchen sie einen, der den Traktor umsonst für sie fährt. Oder für zehn Lire am Tag!"

Ich helfe dem Verwalter beim Lächeln.

„*Come non detto*, ich meinte ja nur," sagt Francesca und zuckt die Achseln.

Ich grübele über die zwanzig Arbeiter nach, die heute um dreizehn Uhr entlassen worden sind. Zwanzig Arbeiter. Das sind zwanzig Familien. Sechzig, achtzig oder, italienisch gesehen, wahrscheinlich sogar hundert Menschen, die jetzt ein Problem mehr haben.

„Ich suche keine Arbeit," sage ich unfroh.

Der Verwalter legt seinen Kopf für mich entschuldigend zur Seite.

Die junge Frau hebt ihr Gesicht aus den Akten. Mustert meinen löcherigen Parka, meine fettigen Haare. Und betrachtet dann ihre Fingernägel, während ich meine schnell in meinen Handflächen verstecke.

Sie fährt fort, kurze Kommandos durch ihre Lippen zu pressen. Der Verwalter wirbelt weiter durch seine Aktenschränke.

Ich verabschiede mich. Und verlasse das Büro.

Die Novembersonne liegt flach und gläsern auf dem Hof des Weingutes, wie in einer leeren Pfanne.

3.

Als ich an der Weggabelung bei den Frosinis, unseren Nachbarn, vorbeikomme, treffe ich auf Giovanni. Er steht zwischen zwei sehr ungleichen Zypressen, einer sehr schlanken hohen und einer bauchig gedrungenen. Er verbeugt sich mit dieser eigentümlichen toskanischen Geste, die gleichzeitig Unterwürfigkeit und Stolz, immer aber Freundlichkeit und Hilfsbereitschaft beinhaltet.

„Sie kennen doch den Baron von *Le Pici*?"

Seine formelle Anrede signalisiert mir: Giovanni hat ein Anliegen. Wir duzen uns seit langem.

Giovanni spricht durch je einen Ober- und Unterzahn.

Da ihm nicht mehr Zähne zur Verfügung stehen, verstehe ich ihn meist erst beim zweiten, oft auch erst beim dritten Mal.

Er versperrt mir den Weg zur Plastiktonne, in die ich gerade meinen Müll werfen wollte.

Wie all unsere Nachbarn bevorzugen auch die Frosinis Wald, Waldrand, Weinberge, Bäche oder schlicht den Straßenrand für die Entsorgung ihrer Abfälle. Nach welcher Gesetzmäßigkeit sie ihren Unrat verteilen, habe ich nie herausbekommen. Auch nicht, warum sie die Mülltonnen so entschieden meiden, als befänden sich Vipern darin.

„Vielleicht könnten Sie ja beim Baron von *Le Pici* ein Wort für mich einlegen?" lispelt Giovanni.

Giovanni Frosini ist zwischen vierzig und achtzig Jahre alt. Er grinst beständig durch seine zwei Zähne. Aber vielleicht grinst er gar nicht? Und es sieht nur so aus. Sein Körper ist hager und drahtig, sein Gesicht wie eine sonnengegerbte Reliefkarte der Toskana. Er trägt einen Hut mit schmaler eingebeulter Krempe. Seine Hosen sind zu kurz. Auch die Ärmel seines Hemdes. Ich weiß nicht, ob er noch über ein anderes Hemd und eine andere Hose verfügt. Ich kenne ihn nunmehr seit über zehn Jahren. Er sah immer so aus.

Was soll ich ihm antworten?

Der Baron von *Le Pici* ist kein Baron.

Ich weiß das. Und er weiß das.

Ich nicke.

„*Ecco!*" züngelt Giovanni Frosini und das Wort verkantet sich zwischen seinen Zähnen.

Ich warte darauf, dass er zur Sache kommt. Ich möchte nach Hause. Ich habe Anna versprochen heute Abend zu kochen. Ihre geliebten *tortiglioni agli aromi*, schön scharf.

Die *toscani* beherrschen sie meisterhaft, diese sogenannten *chiacchierate*, Schwätzerchen voller Leerformeln und aussagelosen Füllwörtern, mit deren Hilfe sie ununterbrochen reden können. Ohne irgendetwas sagen zu müssen. Es ist als erfreuten sie sich ihrer eigenen so melodischen Sprache so sehr, dass sie, einmal angefangen zu reden, gar nicht mehr aufhören wollen. Diese *chiacchierate* werden hierzulande bereits mit der Muttermilch aufgesogen. Ein Nichteinheimischer, mag er sich noch so viel Mühe geben, wird sie nie beherrschen.

Aber Giovanni hat ein Anliegen. Er weiß nur noch nicht, wie er es mir mitteilen soll.

Ich warte. Schaue auf den staubigen Boden der Landstraße. Schiele auf die hinter ihm stehende Mülltonne. Und schwenke meine zwei vollen Abfalltüten hin und her.

„Sie wissen ja, ich kann arbeiten," beginnt Giovanni, „Sie haben mir von Ihrem Liegestuhl dort oben oft dabei zugesehen. Mein ganzes Leben habe ich in den Weinbergen und Olivenhainen von Mont'Alto gearbeitet. Schon mein Vater, mein Großvater, mein Urgroßvater und wahrscheinlich auch mein Ururgroßvater waren schon bei Conte Rinaldini angestellt."

Er zögert, legt seine beiden Handflächen schützend über seine Augen. Lässt seinen Blick durch die endlosen Reihen der Rebstöcke schweifen.

„Vielleicht braucht der Baron von *Le Pici* noch einen guten Arbeiter?"

Es liegt an seinen Zähnen, denke ich. Er grinst nicht.

Ich schaue über die geometrischen bunten Reihen der Weinhänge an den novembergoldenen Hügeln.

Auf der gegenüberliegenden Seite rütteln laue Windstöße an den silbernen Blättern der Olivenbäume. Unter den Bäumen liegen bereits rote Netze für die Ernte bereit. Abenteuerlich genagelte Leitern wackeln zwischen den Zweigen.

Auf diesen Leitern schwankten heute Vormittag noch die Arbeiter von Mont'Alto und schabten mit den dafür vorgesehen Kämmen die frühreifen Oliven aus den Ästen.

Die Bauern beginnen viel später mit der Olivenernte. Die *fattoria* mit ihren Tausenden von Olivenbäumen muss früher beginnen, um vor dem ersten Frost fertigzuwerden.

Auch Giovanni Frosini kippelte heute Morgen noch auf einer dieser Leitern, die jetzt leer gegen die Zweige wippen.

Das Geschnatter und die Vielfalt der toskanischen Madonna-Flüche sind verstummt. Windböen zerren an den ungepflückten Oliven. Die Ernte ist jäh unterbrochen worden. Seit 13 Uhr wird hier nicht mehr gearbeitet. Seit 13 Uhr ist Giovanni arbeitslos.

Er betrachtet mich lauernd und streckt sich. Dabei werden seine Hosenbeine noch kürzer. Zwischen derbwollenen Socken und seiner olivgrünen Vielzweckhose erscheint weiße Haut. Seine Hände hängen wie Schaufeln neben seinen Oberschenkeln.

Diese Hände muss man nicht arbeiten gesehen haben.

„*Certo,*" sage ich.

Das Wort rutscht mir aus dem Mund und fällt zwischen uns auf die Straße.

„Es macht mir natürlich nichts aus, ihn zu fragen," lüge ich.

Giovanni betrachtet meine zwischen uns liegenden Worte, die für ihn zu Hoffnungen werden. Aufhüpfen. Und sich unter seiner schmalen Hutkrempe sammeln.

Er schlabbert noch ein paar unverständliche Wortembryos über seine Unterlippe. Und weil ich annehme, dass er von seiner heutigen Entlassung spricht, nicke ich.

Es ist 16 Uhr.

Die Nachmittagssonne schält goldene Streifen über die Konturen der entfernteren Weinberge. Von den Rändern fließt Gold, Weißgold, Rotgold, Grüngold und schließlich Violettgold über die Hügelrücken.

Noch nie habe ich so viel Gold gesehen!

Immer mehr Farben mischen sich hinein. Schnell wechselnde Gelbs, Lilas, Brauns, Schwarztöne.

Die Toskana ist eine Farbenfabrik, die über dem Horizont explodiert.

Vor dieser dramatischen Kulisse steht Giovanni Frosini, mein Nachbar, mit einem Grinsen, das kein Grinsen ist. Eine klapprige Silhouette mit zu kurzen Hosenbeinen und zu kurzen Hemdsärmeln. Zwischen den erhabenen Schatten einer langen und einer dicken Zypresse.

„Ich hab gehört, in *Mont'Allodole* suche man einen Traktorfahrer," sage ich und bereue es sofort.

„*Si, si, lo so* - ich weiß," sagt Giovanni und hebt seine Hände. Große schwielige Schaufeln voll schwarzer großporiger Rillen. Sie sind seine Arbeitskraft. Er wüsste wahrscheinlich nicht einmal, wie man einen Traktor anließe.

Plötzlich ein lauter Knall.

Es ist nicht die Explosion der toskanischen Farbenfabrik vor dem Horizont.

Ein zweiter Knall. Dann eine Folge von Salven aus allen Richtungen. Die Stunden der Abendjagdzeit haben begonnen. Einige Jäger scheinen sich um ein Vögelchen formiert zu haben. Schrot pfeift durch den goldenen Abend.

„*Arrivederci!*" sage ich.

„*ArrivederLa,*" sagt Giovanni, „*grazie mille!*" fügt er hinzu und schiebt sein Kinn nach oben.

Ich schlängele mich an ihm vorbei. Werfe meine Mülltüten in die Abfalltonne. Und beeile mich, ins schützende Haus zu gelangen.

Banküberfall in Paganico

1.

Festtage kündigen sich mit Katastrophen an.
Jedenfalls in meinem Leben.
Das war schon in meiner Kindheit so.
Wenn eine Kuh kalben wollte. Und nicht konnte. Wenn der Fuchs wiedermal im Hühnerstall gewütet hat. Wenn ein Platzregen ein gesamtes Weizenfeld plattdrückte. Der Hofhund einem unachtsamen Ankömmling in die Wade bisss. Oder ein Wasserrohr platzte.
Es war am Vorabend eines Feiertags.
Man konnte nichts tun, um es zu verhindern. Das war das Gemeine.
Natürlich war es an einem Heiligabend, als kurz vor der Bescherung, statt des fieberhaft erwarteten Weihnachtsmanns, der Schweinemeister an unserer Haustür klingelte, seine Mütze in die Hand nahm, verlegen in sie hineinschaute. Und sachlich verkündete:
„Verwalter, de große Zuchtsau is verreckt! Frohe Weihnachten!"
Worauf mein Vater „da haben wir die Bescherung!" brummte. Aber es war natürlich nicht die, auf die wir Kinder mit glasig seligen Augen gewartet hatten.
Niemals sonst war die Bereitschaft des Schicksals so groß, mit unangenehmen Überraschungen aufzuwarten, wie an einem Samstagabend. Oder kurz vor einem Feiertag.
Jedenfalls in meinem Leben.
Vor Doppelfesttagen, kam es regelrecht zu Katastrophen.
Wir erwarteten sie schon. Wussten, sie würden über uns hereinbrechen. Unausweichlich. Und vor meinen

Geburtstagen, die ich wohl als besondere Festtage empfand, war es ganz schlimm.

2.

Was sich am Vortag meines vierundfünfzigsten Geburtstags um die Mittagszeit anbahnt, mündet in eine dieser Katastrophen.

Und dabei fängt alles so friedlich an.

Anna und ich sind gerade von unserem wöchentlichen Großeinkauf aus Grosseto zurückgekehrt. Und wir freuen uns auf das uns lieb gewordene ‚Panini-Ritual' in der Bar von *Renzo* in Paganico.

Es ist der dreiundzwanzigste August. Und es herrscht jene alles in sich aufnehmende mediterrane Sommerhitze, die allseitiges Stöhnen hervorruft.

Uns aber gefällt.

Wir setzen uns auf die Bank vor der Bar. Lauschen in den monotonen Gesang der Zikaden. Ein Gläschen kühlen Weißwein vor uns. Ein Rucola-Stracchino-Panino neben uns. Schattenspendende Steineichen über uns. Wohlige Entspannung in uns.

Der Dorfplatz ist leer. Die flirrende Hitze hat alle Einwohner in ihre Häuser getrieben. Kein Mensch weit und breit in Sicht.

Nachdem ich meinen letzten Bissen mit dem ebenfalls letzten Schluck Wein hinuntergespült habe, spüre ich das Bedürfnis, unseren Freund Giorgio kurz zu besuchen. Der gleich um die Ecke wohnt.

„Aber wirklich nur kurz," sagt Anna.

„Fünf Minuten, versprochen!" sage ich, obwohl mich die Erfahrung gelehrt hat, dass sich hierzulande nichts in fünf Minuten abwickeln lässt.

Giorgio bietet mir von seinem selbstgemachten *Mirto* an. Gisella bringt die obligatorischen Kekse auf den Tisch. Ein Wort ergibt das andere. Und als Anna mit vorwurfsvollem Blick in der Tür erscheint, ist bereits eine halbe Stunde vergangen.

Jetzt muss natürlich auch sie von Giorgios *Mirto* kosten. Und als wir das gastfreundliche Haus verlassen, ist eine weitere Stunde vergangen.

Beladen mit Plastiktüten, vollgestopft mit Gemüse aus dem eigenen Garten, Eiern von den eigenen Hühnern, Schinken von den eigenen Schweinen, Olivenöl von den eigenen Bäumen, schlendern wir auf den Platz zurück.

3.

Alle Fensterläden sind geschlossen. Alle Jalousien heruntergezogen.

Siestazeit.

Doch plötzlich fühle ich mich, obwohl mit Tüten behängt, um irgendein Gewicht leichter. Etwas fehlt. Etwas hängt nicht an meiner Schulter. Was dort hängen sollte.

„Hast du eigentlich meine Hängetasche mitgenommen, die ich auf der Bank neben dir liegengelassen habe?"

Eigentlich eine rhetorische Frage. Natürlich wird sie meine Tasche mitgenommen haben, als sie zu Giorgio nachkam.

Zu meiner Verwunderung sagt Anna jedoch:

„Welche Tasche?"

Und auf einmal ist der müßig friedliche Nachmittag beendet. Die Katastrophe hat begonnen. Obwohl ich sie diesmal gar nicht angstvoll erwartet habe. Erst jetzt fällt mir ein: morgen ist mein Geburtstag.

Alles klar.

Weg ist die träge, tief in uns eingelagerte Mittagsruhe, die Schwerelosigkeit, die von Giorgios Familie in uns eingeströmt war.

Hals über Kopf rennen wir zur Bank zurück, auf dem wir vor etwa eineinhalb Stunden genüsslich unsere Panini verzehrten. Ich noch zuversichtlich. Anna weniger optimistisch, wie sie mich jetzt wissen lässt. Sofort hat sie eine Verbindung zwischen meiner Tasche und einem seltsamen Gesellen hergestellt, der vor der Bar gelungert und sie während meiner Abwesenheit angestarrt habe.

Und natürlich liegt keine Tasche auf der Holzbank, als wir dort ankommen.

Vielleicht habe ich sie ja selbst mitgenommen. Denke ich. Und bei Gisella und Giorgio liegenlassen.

Mit den Tüten beladen, gehe ich noch einmal zu Giorgio und Gisella zurück.

Gisella sieht mich an, als fürchte sie, ich wolle ihr all die Tüten wieder zurückbringen.

Giorgio habe sich zur Siesta hingelegt. Nein, eine Tasche habe sie nicht gefunden. Wie sie denn aussähe?

Eine Stofftasche, sage ich.

Sie schüttelt den Kopf.

Egal, lüge ich.

„Hätte ja sein können," sage ich.

„Sag jetzt nicht, dass dein Geldbeutel in dieser Tasche war!" sagt Anna ahnungsvoll.

Ich nicke.

„Wieviel?" fragt Anna.

„Gerade mal hunderttausend Lire," sage ich und um sie zu beruhigen, füge ich hinzu: „vor unserem Einkauf in Grosseto hätte der Dieb weit mehr erbeutet."

„Sehr witzig," sagt Anna, „und? Was war sonst noch in der Tasche?"

„Dreißig Mark. Eine Zehn-Euro-Jubiläums-Münze. Ein Dollar, den ich als Glücksbringer stets in meinem Geldbeutel trage."

„Glücksbringer," sagt Anna trocken.

„Soweit der Geldbeutel," füge ich hinzu.

Und in diesem Moment wird mir die Tragweite meines Verlustes bewusst.

Auch meine sündteure Computerbrille befand sich in der gestohlenen Tasche. Eineinhalb Kilo, kurz zuvor beim Metzger erworbene, Hähnchenbrüste. Führerschein. Sämtliche Ausweise, Adressen, Visitenkarten, Kreditkarten, Bankkarten, Telefonkarten, Telefonverzeichnis. Alles, und diese Erkenntnis dringt wie ein Blitzschlag in mich ein, alles, was mich erst zu einem vollwertigen Menschen macht. Und freilich auch unser gesamter Einkauf von Grosseto.

Natürlich bleibe ich weiterhin ein Mensch. Denke ich. Aber ein Mensch, der nicht mehr nachweisen kann, wer er ist und dass er überhaupt ist. Und dank der ebenfalls abhanden gekommenen PC-Brille kann ich auch nicht an meinem Manuskript weiterschreiben.

Innerhalb von etwa eineinhalb Stunden habe ich meine Zugehörigkeit zur menschlichen Gesellschaft verloren.

Nicht einmal die Hähnchenbrüstchen kann ich uns heute Abend zum Trost in der Pfanne rösten. Denke ich verbittert.

Was nun folgt, ist das für Anna und mich typische verzweifelte Kreisen um ein zwar erkanntes Problem. Aber mit Lösungsversuchen unter falschen Prämissen.

Ich sacke in einen Strudel trübsinniger Gedanken, Zorn, Verzweiflung. Und Wut auf Unbekannt. Wie ein Kreisel, der sich in sich selber dreht. Während Anna weiter Lösungsvorschläge auflistet, die jeder realisierbaren Grundlage entbehren.

Schließlich laufen wir zu *Renzo* in die Bar zurück.

Vielleicht hat er ja meine Tasche auf der Bank liegen sehen und in Sicherheit gebracht.

„Welche Tasche?" sagt *Renzo*.

„Meine Tasche. Eine bunte Stofftasche."

Renzo schüttelt den Kopf.

Einer der Gäste kommt auf mich zu.

„Eine Tasche?"

„Ja, eine Tasche. Ich habe sie auf der Bank dort liegen lassen. Und jetzt ist sie nicht mehr dort."

„Die hat bestimmt jemand geklaut."

Genialer Einfall! Und so hilfreich. Denke ich.

Andere Gäste scharen sich um uns. Stellen Fragen. Statt auf unsere Fragen zu antworten. Niemand scheint etwas beobachtet zu haben.

4.

Ein äußerer Kreisel fängt um unseren inneren zu rotieren an. Und wir begreifen, dass wir auf der Suche nach meiner Tasche so nicht vorankommen.

„Die Scheckkarten?" fragt Anna lauernd, „sagtest du, auch die Scheckkarten?"

Ich nicke.

„Mann, Daniel! Wir müssen sie sperren lassen! Sofort! Hoffentlich ist die Bank noch auf!"

Als wir an unserem Auto ankommen, fingere ich gedankenverloren in meiner Hosentasche. Kein Autoschlüssel. Doch noch ehe ich mich erschrocken zu Anna umwenden kann, höre ich ihre Stimme hinter mir.

„Überraschung!"

Sie schlenkert mit dem Autoschlüssel vor meinem Gesicht herum.

„Gut, dass ich ihn eingesteckt habe," sagt sie.

Wir fahren in Richtung Bank.

Auf halbem Weg bremst Anna plötzlich. Fährt rechts heran. Lässt das Seitenfenster heruntergleiten. Zeigt mit dem Finger auf die andere Straßenseite.

„Das ist er, Daniel! Der da, der gerade um die Ecke biegt, mit dem offenen gestreiften Hemd.

Ich folge argwöhnisch ihrem Blick. Ich habe den Mann nie zuvor gesehen. Wie will sie gesehen haben, dass er meine Tasche entwendet hat. Sie war ja zu besagter Zeit mit mir bei Giorgio.

Dennoch behauptet sie: „Das ist er. Der hat deine Tasche gestohlen. Ich bin ganz sicher."

Sie lehnt sich über mich und ruft:

„*Senta, signore, vogliamo solo i documenti e gli occhiali. Nient'altro. I soldi può tenere.*"

Wir wollten nur unsere Papiere und die Computerbrille wieder zurückhaben. Das Geld könne er behalten.

Der Mann kommt verwundert näher.

Ob sie ihn meine? Sagt er und deutet mit beiden Händen auf sich. Und wenn ja, was sie von ihm wolle? Sagt er in südländischem Dialekt,

Der Mann hat kurze Haare, eine auffallende Narbe über dem rechten Auge. Er ist untersetzt und drahtig. Und hat den Nacken eines Athleten. Aus tiefliegenden Augen schaut er uns durch eine braune Hornbrille an.

„Nur die Papiere und die Brille," wiederholt sie, „bitte!"

„*Che documenti? Che occhiali?* Welche Papiere? Welche Brille? Wovon reden Sie, *Signora?*"

Mir ist das alles sehr peinlich.

Wie kann Anna sich so sicher sein, dass sie einen wildfremden Menschen auf offener Straße beschuldigt? Zwar sehe ich, wie sich sein Hemd über seinem Bauch aufplustert. Aber jeder darf schließlich einen Bauch haben.

Anna vermisst meine Unterstützung. Schüttelt den Kopf. Gibt schließlich auf.

5.

„Lauf du schon mal zur Bank!" sagt sie „ich hör mich mal im Ort um."

Als ich bei der Bank ankomme, ist es halb zwei. Die Bank schließt um zwanzig nach eins. Trotzdem drücke ich auf den Sensor der automatischen Doppeltür.

Zu meiner Erleichterung öffnet sie sich.

Ich betrete die Sicherheitskabine. Die Innentür gleitet auf. Ich betrete den Schalterraum.

Ich sehe weder Kunden noch Bankangestellte. Weiß aber, dass die Belegschaft häufig in den Kellerräumen zu Mittag speist. Und rufe nach unten.

Roberta, die Filialleiterin, hat es mir mal schulterzuckend erklärt:

„Du kannst uns Italienern vieles wegnehmen. Wir werden es stoisch hinnehmen. Aber nicht das Mittagessen! Es ist unsere heilige Kuh. Unantastbar."

Deswegen hat das Bankmanagement dafür gesorgt, dass es in den Kellerräumen der Bank eine Küchenzeile gibt. Natürlich eine Espressomaschine. Stühle. Und einen neonbeleuchteten Tisch. Die *toscani* kennen keine Gemütlichkeit beim Essen. Für sie zählt, was auf den Teller kommt.

„*Non c'è nessuno?* Ist da jemand?" rufe ich nochmal nach unten.

Keine Antwort.

Ich sehe mich im Schalterraum um. Und zucke erschrocken zusammen.

Zwei Aluminiumkoffer stehen in der Nähe der Eingangstür. Auf der Kassentheke stapelt sich bündelweise Geld in großen Noten. Bereitgestellte Geldtaschen lehnen vor dem Kassenschalter. Daneben ein Schlüsselbund.

Als habe ein Überfall stattgefunden, der jäh unterbrochen wurde.

Noch einmal rufe ich nach unten. Keine Antwort.

Ich gehe vorsichtig die Treppen hinunter. Niemand.

Beunruhigende Gedanken sammeln sich in meinem Kopf.

Am Kassenschalter liegen mehrere Millionen Lire. Ich will gar nicht wissen, wie viel sich noch in den Geldtaschen befinden mag. Und womöglich auch noch in den Alu-Koffern. Und ich stehe hier allein in der Bank. Ohne Ausweispapiere.

Das fühlt sich nicht gut an.

Ich sollte die Bank schleunigst verlassen!

Doch als ich mich auf den Ausgang zubewege passiert das Unvermeidliche: ein lauter Heulton erfüllt den Raum und tost gegen mein Trommelfell.

Die Alarmanlage hat sich eingeschaltet.

Ich rufe noch einmal nach den Bankgestellten. Niemand antwortet. Nur die Sirene heult weiter.

Ich sitze in der Falle!

Schwitzend gehe ich an den Gitterstäben der Glasfassade entlang, die die Bank von außen schützen sollen. Und mich nun hier gefangen halten.

Minuten verstreichen.

Mein Herz hämmert gegen meinen Brustkorb.

Ich luge auf die Straße hinaus.

Niemand. Weder draußen noch drinnen.

Nur ich, vorwurfsvoll angeheult von der Sirene.

Wo sind die Bankangestellten? Hatten sie heute keine Lust zu kochen und sind in ein Restaurant gegangen? Aber warum war die Tür offen, wenn das viele Geld unbewacht hier herumliegt?

Mein T-Shirt klebt auf meinem Rücken fest. Der kalte Luftzug der Klimaanlage bläst in rhythmischen Schüben dagegen.

Ich nähere mich noch einmal dem Ausgang, vor dem ich bei Ertönen der Alarmanlage zurückgeschreckt war. Hebe meinen Blick zur über mir kreisende Kamera hoch. Halte entschuldigend meine Handflächen nach oben. Und komme mir ziemlich blöd dabei vor.

Vor der Ausgangsschleuse zögere ich.

Schaue prüfend nach allen Seiten.

Eine automatische Schussanlage? Doch nicht in *Paganico!* So was gibt's wahrscheinlich gar nicht. Oder nur in Filmen. Meine Phantasie gaukelt mir reißerische Bilder vor.

Vermutlich ist die Automatiktür bei Einsetzen des Alarms blockiert worden, denke ich. Gehe trotzdem einen Schritt näher auf den Ausgang zu. Drücke auf den Sensor. Und - die Innentür schiebt sich lautlos auf.

Misstrauisch setze ich einen Fuß in die Sicherheitskabine. Die Tür schließt sich hinter mir wieder. Und eine Schrecksekunde lang befürchte ich, nun in der engen Kabine eingesperrt zu bleiben. Doch auch die Außentür der Kabine gleitet beiseite.

Die brütende Mittagshitze schlägt mir ins Gesicht.

Obwohl die Sirene hier draußen noch lauter heult, sehe ich niemanden, den sie aufgeschreckt haben könnte. Weder auf der Straße. Noch an einem der umliegenden Fenster.

Paganico verharrt in seiner Siesta. Da kann auch eine heulende Sirene nichts daran ändern.

Eilig verlasse ich den Platz vor der Bank.

Erst als ich in die nächste Seitenstraße einbiege, nebelt ein Gedanke durch meinen Kopf, der sich während meines Aufenthalts in der Bank in mir versteckt gehalten hat.

So viel Geld! Nur ein kleiner Teil davon hätte einiges in unserem Leben in ein beruhigendes Gleichgewicht bringen können. Ein gefährlicher Gedanke. Ich weiß. Aber Gedanken kommen und gehen, ohne sich darum zu kümmern, wozu sie einen verleiten können.

Dann fällt mir wieder ein, dass mich Anna bei der Bank suchen würde. Und gehe wieder zurück.

6.

Ein Streifenwagen mit rotierendem Blaulicht steht jetzt vor dem Bankeingang. Die Polizeisirene heult mit der Banksirene um die Wette.

Ansonsten ist die Straße immer noch menschenleer.

Zwei Uniformierte knien vor dem Polizeiauto. Zielen, die Hände weit von sich gestreckt mit ihren Pistolen auf den Bankeingang.

Mein Blick fällt auf Anna, die im Hintergrund steht und durch die Panzerglasscheiben ins Bankinnere zu spähen versucht.

Wie im Film. Denke ich.

Aber es bleibt mir nichts anderes übrig. Ich muss mich in diese Szene mit einbringen.

„*Sono io! Non sparare!* Ich bin's! Nicht schießen!" rufe ich und gehe mit wedelnden Armen und Händen auf Anna und die Polizisten zu.

Als ich sie wissen lasse, dass ich es war, der den Alarm ausgelöst hat, drehen sie sich jäh zu mir um und richten ihre Waffen nun auf mich. Erst nachdem ich ihnen erzählt habe, was vorgefallen ist, lassen sie die Waffen sinken. Stecken sie wieder in ihre Gürtelhalfter zurück. Und schalten die Polizeisirene ab.

Die Blaulichtlampe kreist immer noch auf dem Dach des Streifenwagens. Auch die Banksirene heult unverdrossen weiter.

Anna nimmt mich aufatmend in ihre Arme. Die Polizisten werfen uns wohlwollende Blicke zu.

Aber sie warten natürlich auf eine Erklärung.

Und noch während ich ihnen den Vorfall schildere, schlendert ein Pärchen auf der vor Hitze flimmernden Straße auf uns zu.

Es ist kein Pärchen, wie ich beim Näherkommen feststelle.

Es ist Roberta, die neue Filialleiterin der Bank. Und Andrea, der Kassierer. Sie tragen Papiertüten vor sich her, aus denen sie nicht erkennbare kleine Teilchen entnehmen. Und sich in den Mund stecken. Der die Straße füllende Ton der Sirene scheint sie nicht zu beunruhigen. Ebenso wenig der quergestellte Polizeiwagen mit kreisendem Blaulicht.

So coole Bankangestellte habe ich noch nicht gesehen. Nicht einmal im Kino.

Jetzt erkenne ich, dass es kleine Pizzastücke sind, die sie sich zu Munde führen.

7.

Ich erkläre Roberta, dass ich ungehindert durch die automatischen Türen marschieren konnte. Stapelweise Geld vor mir ausgebreitet sah. Und als ich mich gerade mit all dem Geld aus dem Staub machen wollte, habe sich die Alarmanlage eingeschaltet. Und die Polizisten dort seien aufgetaucht.

Ich will ihnen zeigen, dass auch ich cool sein kann.

Roberta, Andrea und die Polizisten und Anna starren mich an. Und ich frage mich, ob ich nicht vielleicht doch ein bisschen zu cool sein wollte. Doch die Polizisten scheinen Sinn für Humor zu haben. Sie mustern mich belustigt. Und kichern.

Roberta und Andrea sehen sich stirnrunzelnd an.

Anna hält den Atem an. Und bläst ihn geräuschvoll wieder aus sich heraus.

„È poi? Und dann?" sagt einer der Polizisten, nun wieder mit ernster Stimme.

Ich berichte von meiner gestohlenen Tasche.

„Ich wollte sofort zur Bank, um wenigstens meine Kreditkarten sperren zu lassen!"

Die Polizisten nicken.

Ohne mir weiter Beachtung zu schenken, fingert Roberta in ihrer Handtasche herum. Wirft dann einen vorwurfsvollen Blick auf Andrea.

„Was ist? Warum schaust du mich so an?"

„Die Schlüssel, Andrea? Wo sind die Schlüssel?"

„Ich habe alles abgesperrt! Da bin ich ganz sicher!" wehrt Andrea ab.

„Ja? Und wo sind dann die Schlüssel?" erkundigt sich Roberta.

Andrea geht auf die Eingangstür zu. Drückt auf den Sensor des automatischen Türöffners. Die Tür öffnet sich nicht.

Entschlossen eilt ihm Roberta zu Hilfe. Drückt nun ihrerseits auf den Sensor. Nichts.

Und plötzlich schauen wieder alle auf mich.

„Warum starrt ihr jetzt mich an?" frage ich und halte meine Handflächen vor mich hin, „nein, nein, nein! Ich habe die Schlüssel nicht. Wahrscheinlich hängen sie an dem Schlüsselbund, den ich auf den Stapeln von Geldscheinen gesehen habe."

Ich dränge mich an ihnen vorbei. Deute durch die Glastür.

„*Eccolo*," sage ich, „da hinten liegt er."

Langsam erwacht Paganico aus der Siesta.

Die ersten Passanten tauchen auf. Darunter auch einige Kunden. Roberta setzt sich auf die Travertinstufen vor dem Bankeingang. Und reibt ihre Handflächen aneinander. Immer mehr Leute sammeln sich um die kleine Bankfiliale, die den ausladenden Namen *Banca di Credito Cooperativo della Maremma Grossetana* trägt.

Die Kunden scheinen es nicht eilig zu haben, in den Schalterraum zu kommen. Die Polizisten schlendern um ihr Auto herum. Roberta sitzt in sich versunken auf der Treppe. Das Leben bewegt sich in gemächlichem

Rhythmus weiter. Daran können auch Banküberfälle nichts ändern.

Niemand beachtet Andrea, der stoisch auf den Sensor der Eingangstür drückt.

„Warum ruft ihr denn nicht in der Zentrale an?" meint schließlich einer der Polizisten, „die müssen doch einen Zweitschlüssel haben!

Roberta hebt ihren Kopf. Schaut verwundert um sich herum. Zieht dann ihr Handy aus der Handtasche. Und stochert auf der Tastatur herum.

Nach einem kurzen Wortwechsel mit dem nur für sie hörbaren Gesprächspartner, steckt sie ihr Handy wortlos wieder in ihre Handtasche zurück.

„Und?" fragt Andrea.

„*Giornata nera,* „ein schwarzer Tag, ein Pechtag," sagt Roberta trocken, kramt einen Labello-Stift aus ihrer Handtasche und befettet ihre Lippen.

„Den Reserveschlüssel hat Mario," fügt sie hinzu.

„Na und? Dann muss eben Mario kommen! Wo ist das Problem?"

„Mario hat Urlaub. Das ist das Problem."

„*Dio buono,* Roberta! Dann muss er seinen Urlaub halt kurz unterbrechen."

„Er ist auf den Malediven."

„*Perfetto,*" sagt Andrea, zieht eine Grimasse und drückt nun wieder auf dem Türsensor herum.

„Andrea, *per favore, smettilo!* Hör bitte auf damit! Du nervst!"

„Ich versteh das nicht," sagt Andrea, „wie ist es möglich, dass die Tür aufging. Wieder zuging. Sich dann wieder öffnete - und sich jetzt nicht mehr öffnet?"

Roberta winkt ab und stiert vor sich hin.

Die Polizisten unterhalten sich im Hintergrund und lüpfen immer wieder ihre Uniformkappen, in der

Hoffnung, ein verirrter Luftzug würde ihre kochenden Köpfe umwehen.

„*Il mondo è pieno di cose strane,* die Welt ist voller merkwürdiger Dinge," philosophiert einer der Polizisten.

„Warum hat sie sich überhaupt geöffnet?" fragt Andrea, „wir hatten doch die Türautomatik blockiert."

„Hatten wir das?" sagt Roberta und hebt ihren Kopf zu ihrem Kassierer hoch.

„Ich könnte schwören, dass ich die Tür abgeschlossen und die Sicherheitskabine blockiert habe!"

„Schwöre lieber nicht, Andrea! Die Hölle ist ein unwirtlicher Ort, will man den Pfarrern Glauben schenken."

„*Madonnina in brodo,* Roberta! Ich **habe** abgesperrt!" ereifert sich Andrea.

Roberta deutet stumm durch die Scheibe.

„Ich frage ja gar nicht, warum du die Geldbündel auf dem Kassenschalter liegengelassen hast, Andrea! Ich frage auch nicht, warum du die Geldkassetten neben der Tür aufgebaut hast? Wo du doch wusstest, dass der Geldtransport erst am Nachmittag kommen würde."

Roberta steht auf und stellt sich vor Andrea hin. Sie ist einen Kopf kleiner als er. Im Blick, mit dem sie nun zu ihm hochschaut liegt fast Zärtlichkeit.

„Aber die Schlüssel, *carissimo!* Die Schlüssel!" seufzt sie und schaut auf ihre Armbanduhr.

„Wenn ich mich richtig erinnere, warst du es, die zur Mittagspause drängte, *Robertina,*" sagt Andrea.

Roberta winkt ab.

„Wo bleibt übrigens der Transporter? Was ist denn heute nur los?"

„Ja, richtig, der Transporter," wiederholt Andrea.

„Besser er kommt nicht," sagt Roberta.

„*Cosa mi vuoi dire, Roberta?*" sagt Andrea gereizt," was willst du mir damit sagen?"

Roberta klopft mit den Fingerknöcheln gegen die Glasfront. Deutet mit der anderen Hand auf den Schlüsselbund, der auf den gebündelten Geldscheinen thront.

Inzwischen hat sich fast ganz Paganico vor der Bank angesammelt. Die Schaulustigen knäueln im schmalen Arkadengang. Wer dort keine Zuflucht vor der sengenden Sonne findet, drängt sich in den schmalen Schatten entlang der Häuserwand.

Ich höre, wie Andrea vorschlägt, die Firma anzurufen, die für das Alarmsystem zuständig sei. Man müsse doch die Tür auf irgendeine Weise wieder entblocken können. Er wolle nicht bis in alle Ewigkeit hier vor der Bank herumsitzen.

„Ja, in alle Ewigkeit," brabbelt Roberta seinen Worten hinterher. Und schwingt ihren Körper langsam vor und zurück. Während die Polizisten ihre bis zu einem kleinen Stummel abgerauchten Zigaretten mit den Schuhspitzen austreten.

8.

Die Banksirene heult unermüdlich weiter.

„*Intanto mi dia i suoi documenti, per favore!* Geben Sie mir doch inzwischen Ihren Ausweis bitte!" sagt schließlich einer der *poliziotti* unerwartet. Und erinnert mich daran, dass auch ich in diese Szene gehöre, ja, sie sogar selbst ausgelöst habe.

Sein Kollege greift von der Fahrerseite her durchs offene Seitenfenster des Polizeiwagens. Und schaltet das kreisende Blaulicht aus.

Ich halte meine leeren Handflächen vor ihn hin.

„Mein Ausweis befindet sich eben, wie alles andere auch, in der Tasche, die mir vor ungefähr zwei Stunden entwendet wurde. In der Bank war ich nur, um meine Kreditkarten sperren zu lassen."

„*Ho capito*," brummelt der Polizist und zieht ein Notizbuch aus seiner Jackentasche.

„Sie sind also bestohlen worden?"

„*Si, Signore.*"

„Können Sie den vermeintlichen Dieb beschreiben?"

„No Signore. Ich weiß gar nichts von einem Dieb!"

Der Polizist schaut mich erstaunt an.

„Kein Dieb?" fragt er.

„Doch," sagte ich, „wahrscheinlich schon. Meine Frau glaubt einen verdächtigen Mann auf der Piazza gesehen zu haben.

„Einen verdächtigen Mann," wiederholt der Polizist, „inwiefern verdächtig?"

„Ich weiß nicht. Ich habe niemanden gesehen. Da müssten Sie meine Frau fragen. Jedenfalls ist meine Tasche weg. Und sie wird ich nicht von selbst von mir wegbewegt haben."

Er sieht mich nachdenklich an.

„Vielleicht haben Sie sie verlegt? Oder irgendwo vergessen?"

Ich schüttele entschieden meinen Kopf.

„Bevor ich zu Giorgio ging, war sie noch neben mir auf der Bank gelegen."

„*Giorgio Belugi?*" fragt der Polizist.

„Ja, *Giorgio Belugi*," sage ich.

„Na, dann liegt Ihre Tasche vielleicht bei Belugi?"

„Ich war schon bei ihm. Da ist sie nicht."

Der Polizist schaukelt seinen Oberkörper auf und ab. Und blättert in seinem Notizbüchlein. Ich halte nach Anna Ausschau. Kann sie aber in der Menschenmenge nirgendwo entdecken.

Das Schattenrechteck vor der Bank hat sich inzwischen in die Straße hineinverschoben. Es bietet nun allen Herumstehenden ausreichend Schutz vor der Sonne.

Roberta sitzt immer noch abseits auf den Steinstufen und schaut in ihre Hände. Andrea sitzt neben ihr und hält sein Handy ans Ohr.

„Es waren etwa hunderttausend Lire in meinem Geldbeutel. Dreißig Deutsche Mark. Und ein Dollar," sage ich.

„Ein Dollar?"´

„Ja, ein Dollar."

„Ah si, *un dollaro*," brummt der Polizist. Und hantiert an seinen Fingernägeln herum. Und sieht mich plötzlich durchdringend an.

„Was hatte der vermeintliche Dieb denn an? Ich meine, wie war er gekleidet?"

„Ich weiß nicht. Ist das denn wichtig? Wie gesagt, ich habe niemanden gesehen."

„Es ist nämlich so, dass kurz vor 13 Uhr ein Mann dreißig Deutsche Mark in *Civitella Marittima* zu wechseln versucht hat. Das teilte uns ein Angestellter der *Banca Monte dei Paschi di Siena* mit. Der Mann wollte auch einen amerikanischen Dollar dort wechseln. Das machte den Angestellten misstrauisch. Und er rief bei uns an."

„Ja, und?" frage ich ungeduldig.

Der Polizist versenkt sich wieder in seine Fingernägel.

„*Trenta marchi tedeschi e un dollaro*," betont er nochmal, „dreißig Deutsche Mark und ein Dollar! Das ist ungewöhnlich in unserer Gemeinde."

„Ja, das muss der Dieb gewesen sein!" rufe ich, „all das befand sich in meinem entwendeten Geldbeutel. Den Dollar trage ich als Glücksbringer bei mir."

„Glücksbringer," grummelt der Polizist und schreibt ein paar Worte in sein Notizbuch.

„Außerdem befanden sich auch noch etwa hunderttausend Lire in meinem Geldbeutel."

Der Polizist schüttelt den Kopf.

„Von hunderttausend Lire hat der Bankangestellte nichts erwähnt."

Anna hat mich gesichtet und kommt auf uns zu.

„Fragen wir doch mal Ihre Frau. Sie kann uns vielleicht sagen, was der Mann, den sie verdächtig anhatte."

„Ja, ich erinnere mich," sagt Anna, „ der Mann trug ein blaues Hemd mit Streifen."

Der Polizist wiegt seinen Kopf hin und her.

„Hmm, *allora abbiamo un problemino*, der Bankangestellte von der *Monte dei Paschi di Siena* hat etwas anderes behauptet."

„*Signore, La prego*, glauben Sie mir, meine Frau ist eine gute Beobachterin. Wenn sie ein blaues Streifenhemd bei dem Mann gesehen hat, dann hat er auch ein blaues Streifenhemd angehabt."

„Der Mann sprach aber von einer blauen *maglietta*, einem blauen T-Shirt."

„*Dio buono, signore*! Meine Frau arbeitet nicht in der Textilbranche. *Camicia* oder *maglietta*, macht das einen Unterschied?"

Der Polizist steckt die Finger seiner Hände ineinander und biegt sie vor seiner Brust hin und her.

„*Mi dispiace, Signor Daniel*, es tut mir sehr leid, *Signor Daniel*," sagt er milde, „aber wenn die Angaben widersprüchlich sind, können wir niemanden festnehmen! So will es das Gesetz. Ich verspreche Ihnen, wir werden der Sache weiter nachgehen. Aber Sie müssen zunächst mal Anzeige erstatten!"

„Ich denke, das habe ich gerade getan."

„Wir sind die Straßenpolizei. Wir haben den Vorfall aufgenommen. Für Anzeigen ist das örtliche Kommando der *Carabinieri* zuständig. Am besten Sie fahren gleich rüber zur *caserma*."

9.

Kurz darauf finde ich mich auf der Polizeidienststelle von *Civitella Marittima* wieder.

Der diensthabende *Carabiniere* sitzt mit dem Rücken zur spektakulären Aussicht auf die endlos weiten Hügelkämme der Maremma. Und hämmert meine Antworten auf seine Fragen in eine wuchtige *Olivetti*. Nach drei langen Stunden scheint ihm das Protokoll über den Diebstahl meiner Tasche zufriedenstellend ausgefüllt. Er legt es in eine der überquellenden Mappen, die sich am linken Rand seines Schreibtischs stapeln. Und verabschiedet mich freundlich.

Da ich wenig Vertrauen in die polizeilichen Ermittlungen habe, mache ich mich selbst auf die Suche nach meiner Tasche. Streife mehrere Stunden kreuz und quer durch und um Paganico. Stöbere in Abfalltonnen. In der Toilette von Renzos Bar. In allen möglichen und unmöglichen Winkeln. Sogar im Beichtstuhl und unter den Bänken der Dorfkirche. Vielleicht war der Dieb ein gläubiger Katholik, wurde gleich nach seiner sündigen Tat von Reue erfasst und hatte den Wunsch, sich hier, gleichsam vor Gottes Angesicht, seines Diebesguts zu entledigen. Hoffe ich.

In der Regel, so ermutigt mich Renzo, seien derlei Diebe nur am Geld interessiert. Den Rest ihrer Beute werfen sie meist irgendwo weg. Um nicht mit dem Diebesgut in Zusammenhang gebracht zu werden.

„Ich habe bereits in alle Abfalltonnen und Papierkörbe geschaut!" sage ich resigniert.

„Versuch's in den Straßengräben! Manchmal werfen sie die erbeutete Tasche einfach aus dem Fenster. Nachdem sie das Geld herausgenommen haben," fügt Renzo hinzu.

Aber auch das Durchsuchen der Straßengräben führt zu keinem Ergebnis.

10.

Als Anna nach einer Woche wieder nach Paganico zum Einkaufen fährt, glaubt sie ein weiteres Mal den vermeintlichen Dieb zu erkennen.

Sie lässt das Auto am Straßenrand stehen. Läuft auf den Gemeindebeamten zu, der auf und ab patrouilliert, um Falschparkern Strafzettel unter die Scheibenwischer zu klemmen.

Sie habe soeben den Dieb wiedergesehen, der vor etwa einer Woche die Tasche ihres Mannes entwendet hat, sagt sie außer Atem.

Es gelingt ihr, den Mann von den Falschparkern wegzulocken. Gemeinsam laufen sie in die Richtung, in der Anna den vermeintlichen Dieb um eine Häuserecke biegen sah.

Die Verfolgungsjagd endet schließlich an einem Abbruchshaus am Ortsrand.

„Hier wohnt seit Jahrzehnten keiner mehr," stößt der Gemeindediener heftig atmend hervor. Und will schon schleppenden Schrittes den Rückweg antreten.

Doch dann tönt Annas Stimme aus der Ruine.

„*Venga*! Kommen Sie!"

In der verwahrlosten Ruine hausen fünfzehn Männer.

„Er da! Der ist es!" ruft Anna und deutet auf einen der Männer.

Der Mann streitet von neuem vehement ab, irgendetwas mit einer gestohlenen Tasche zu tun zu haben. Trotzdem zieht der Gemeindediener seinen Strafzettelblock aus seiner Brusttasche und schreibt die Personalien der fünfzehn angeblich arbeitslosen Sizilianer auf die Rückseite des Blocks.

„Ich habe nur ihn gesehen."

Anna zeigt noch einmal auf den vermeintlichen Dieb, „ist es wirklich nötig, auch die Personalien der anderen Männer aufzunehmen?"

Das Wort *siciliani* hat bei ihr eine Reihe beunruhigender Assoziationen freigesetzt, die das Gespenst der über dem italienischen Süden schwebenden Mafia in ihr erweckt haben. Fünfzehn finster aussehende Sizilianer, die auf kleinstem Raum in einer Bruchbude hausen, einer Anzeige zu unterziehen, bekümmert sie.

„*È necessario si*, ja es ist nötig," sagt der Gemeindediener.

„Ich will niemanden anzeigen, Signore. Ich will nur die Tasche meines Mannes zurück."

„Das Aufnehmen der Personalien ist noch keine Anzeige," beruhigt sie der Gemeindebeamte, „fünfzehn dubiose männliche Personen die alle zusammen in dieser Bruchbude, sagen wir mal, ‚wohnen' – das muss überprüft werden," sagt er und wirft einen angewiderten Blick auf die Männer, „wie kommen anständige Christenmenschen dazu, zusammengepfercht wie Tiere zu leben?" Wendet sich dann ab und raunzt „*terroni!*" *

Einige der Sizilianer fingern gelangweilt in ihren Taschen. Die meisten bemühen sich gar nicht erst. Zucken nur mit den Schultern. Keiner der Männer hat seinen Ausweis zur Hand.

„*Naturalmente*", brummt der Gemeindediener wissend, geht auf jeden Einzelnen von ihnen zu und bellt:

"*Nome, cognome!* Name, Vorname!"

Da der toskanische Gemeindediener ihre Namen nicht auf Anhieb versteht, lässt er sie sie mit krakeligen Buchstaben auf seinen Strafzettelblock schreiben.

"*Almeno sanno scrivere,* immerhin können sie schreiben," sagt er missmutig.

- *Terroni* ist eine abwertende Bezeichnung der Nord- und Mittelitaliener für all ihre Landsleute, die südlich von Rom im sog. mezzogiorno leben.

11.

Am späten Nachmittag klingelt unser Mobiltelefon. Eine nuschelige Stimme singt aus der Hörmuschel.

"Das ist Neapolitanisch, nicht Sizilianisch," sage ich zu Anna. So viel verstehe ich inzwischen von italienischen Dialekten.

"Was willst du mir damit andeuten?" fragt Anna besorgt.

"Nichts", sage ich, "Jacke wie Hose. Ich hab mich nur gefreut, dass ich den Unterschied in den Dialekten erkannte."

"*Ma-é-Leeii-chi-ha-peerso- la-Sua-booorsa?*"

"Nein," sage ich ärgerlich, "ich habe meine Tasche nicht verloren. Sie wurde mir gestohlen!"

"*Vabe', son' Gaetaaano, l'amiiico di Salvatooore,* ich bin *Gaetano,* ich bin ein Freund von Salvatore. Er hat Ihre Tasche."

Pause.

"*Vogliaaamo-restituiiirgliela,* wir möchten sie Ihnen zurückgeben."

Pause.

"Wir? Warum nicht Salvatore selbst?" frage ich verwundert.

„Ist das wichtig, s*ignooore*? Sie kriegen Ihre Tasche wieder. Das ist es doch, was sie wollen."

Frech formuliert. Aber er hat recht, denke ich. Hauptsache ich habe meine Tasche wieder.

„*Dove-Vi-trovaaate*? Wo wohnen Sie denn? Wir bringen Ihnen die Tasche vorbei."

Und plötzlich bin ich hellwach.

Nun erscheint das Gespenst der Mafia auch in meinem Kopf. Die Vorstellung von fünfzehn düsteren Typen, die hier bei uns in der Einsamkeit auftauchen, gefällt mir nicht. Zudem sie dann wissen, wo wir wohnen.

„*No, no, no*," sage ich ausweichend, „ich komme runter nach Paganico. Wir treffen uns dort in der Bar."

Zu meiner Verblüffung stimmt *Gaetano* zu.

Wir verabreden uns in einer Stunde.

Vor lauter Schreck habe ich ganz vergessen, dass ich für eine Seminargruppe kochen muss, die in Kürze hier aufkreuzen wird. Andererseits kann ich Anna nicht allein dorthin schicken. Ich rufe unsere Nachbarin *Graziella* an. Erwähne aber nichts von den Sizilianern oder Neapolitanern. Ich kenne das nördlich von Rom herrschende Vorurteil gegenüber allem, was südlich von Rom liegt. Und dem ich soeben selbst zum Opfer falle.

Graziella erklärt sich bereit, Anna zu begleiten. Und während sich die zwei Frauen für den Feldzug nach Paganico rüsten, fange ich schon mal an, Gemüse für die Vorspeisen zu schnippeln. Bin ohnehin schon spät dran.

Als Anna und *Graziella* in Paganico ankommen, ist außer *Renzo* niemand in der Bar. Weder *Gaetano*. Noch der erwähnte *Salvatore*. Auch sonst keiner von der in der Ruine hausenden Gruppe.

Es sei eine Plastiktüte hinterlegt worden, sagt Renzo.

Anna bedankt sich. Wirft einen prüfenden Blick in die Tüte. Nickt. Und lädt *Graziella* auf einen *caffè* ein.

Dann machen sich die beiden Frauen wieder auf den Heimweg.

„Es war eine Stofftasche, die ich verloren habe," sage ich.

„Sie hat sich halt in eine Plastiktüte verwandelt," sagt Anna gut gelaunt.

Erleichtert stelle ich fest, dass sich fast alles Verlorene in der Tüte befindet. Meine Papiere, Kreditkarten, Schlüssel, die Computerbrille. Nur mein Geld nicht. Meine Münzen. Und auch nicht die Hähnchenfilets. Natürlich.

Wir atmen auf.

Der Angstschweiß in der Bank, als die Alarmsirene losheulte. Das zermürbende Stehen vor dem Polizeiwagen in der Nachmittagshitze. Die öden Stunden bei der Protokollaufnahme. Das Wühlen in den Abfällen und Straßengräben von Paganico. Das alles zieht nochmal an meinem inneren Auge vorüber.

Aber jetzt will ich auch meine Geld wieder haben. Denke ich. Und wähle die Nummer, die mein Handy als letzte gespeichert hat.

Ich erkenne die Stimme sofort wieder.

„*Gaetano?*"

„Wer will das wissen?"

„*Sono quello che ha perso la borsa*, ich bin der, der die Tasche verloren hat," sage ich.

„*Perso? Insomma*, verloren? Naja. Fehlt was?"

„Die Hähnchenfilets," sage ich.

„*Ah, si! I polli*, ach ja, die Hühner, *ormai li abbiamo mangiati*, die haben wir inzwischen gegessen. Sie wären sowieso kaputt gegangen. Wir haben hier keinen Kühlschrank."

„Und mein Geld," sage ich., „habt ihr das auch gegessen?"

Pause.

Und jetzt fängt die Mafia wieder an durch meinen Kopf zu geistern.

„*Va bene,*" sage ich mit versöhnlicher Stimme, „*ritiriamo la denuncia,* wir ziehen die Anzeige zurück."

Ich lausche noch eine Minute auf Gaetanos Atemzüge. Lasse meine Worte auf ihn einwirken. Und lege den Hörer auf.

„Was hat er gesagt?" fragt Anna beunruhigt.

„Er sagt, sie hätten keinen Kühlschrank."

„Ja, das glaube ich," lacht sie, „die haben da nicht einmal elektrischen Strom. Geschweige denn fließendes Wasser."

Sie schüttelt sich.

„Deswegen konnten sie die Hähnchenfilets nicht aufbewahren. Und mussten sie essen."

„Mussten," lachte Anna erleichtert, „ich verstehe. Das ist gut. Wenn die Löwen gefressen haben, sind sie friedlich."

12.

Zusammenfassend betrachtet hält sich unser Schaden in Grenzen: etwa hunderttausend italienische Lire, dreißig Deutsche Mark, eine zur Einführung der neuen Europawährung herausgegebene Zehn-Euro-Jubiläumsmünze, ein amerikanischer Dollar, der sich als Glücksbringer nicht bewährt hat, eineinhalb Kilo Hähnchenfilets und eine peruanische Stofftasche.

Roberta und Andrea verbrachten einen arbeitsfreien Nachmittag im Schatten der Bankarkaden. Denn der Alarmexperte kam erst kurz bevor die Bank schließen musste.

Ob es nun Andrea war, der den besagten Schlüsselbund in der Bank zurückgelassen hat, oder vielleicht doch Roberta, und welche Konsequenzen sich daraus ergaben, habe ich nicht erfahren. Jedenfalls arbeiten beide weiterhin in dieser Filiale der *Banca di Credito Cooperativo della Maremma Grossetana*. Und grüßen mich freundlich.

    Die diesjährige Geburtstagskatastrophe ist einigermaßen glimpflich ausgegangen. Aber es gibt keinen Grund aufzuatmen. Neuerliche Festtage stehen schon vor der Tür. Und bis zu den weihnachtlichen Doppelfeiertagen sind es nur noch wenige Monate....

Nie wieder mit Freunden zu Luigi

Schon als ich am Tisch ankomme, liegt etwas Bemühtes in ihren Gesichtern. Als versuchten sie, sich auf etwas einzustellen, das sie sich eigentlich anders vorgestellt hatten. Karola schaut in Toms Gesicht herum, als wolle sie die Furchen auf seiner Stirn glätten, die sich vom Haaransatz bis zur Nasenwurzel ziehen. Anna wirft einen missbilligenden Blick auf die vor ihnen stehenden Sektgläser. Ein laues Abendlüftchen weht vom Berg zu uns herunter. Unterstreicht eher die Hitze des Tages, als die erhoffte Kühlung zu bringen.

Wie immer gehe ich zuerst in die Küche, um Asis zu begrüßen. Den stets strahlenden Marokkaner habe ich irgendwann mal an der Straße nach Portoferraio aufgelesen. Er hatte den letzten Bus verpasst und winkte den vorbeifahrenden Autos entgegen. Wer weiß, wie lange er schon dort stand? Und wie lange er noch stehen würde, wenn ich ihn jetzt nicht mitnehme? Dachte ich. Und hielt an. Auf der Insel werden nur selten Anhalter mitgenommen. Auch nicht, wenn sie ein so offenes Lachen anbieten wie Asis. Seitdem hat mir Asis einen Platz in seinem Herzen eingeräumt. Und das nur, weil ich ihn lächerliche fünfzehn Kilometer in meinem Auto mitgenommen habe. Wo immer wir uns begegnen, umarmt er mich und beschenkt mich mit seinem warmen leuchtenden Lachen. Vielleicht ahnt er, dass es sein Lachen war, das mich anhalten damals anhalten ließ.

Möwen segeln, von der Abendsonne vergoldet, über das von Wäldern eingerahmte Restaurant *Da Luigi*. Schütten ihr schepperndes Gelächter auf uns herunter. Sie haben gut lachen, denke ich. Dort oben spürt man wohl nichts mehr von der stickigen Wärme, die hier immer noch über der Terrasse wabert. Früher habe ich mich immer gewundert, dass die Möwen, die ich dem Meer zuordnete, bis tief ins Inland hineinfliegen. Inzwischen weiß ich es. Möwen sind überall, wo Aas und Abfälle herumliegen. Sie sind fliegende Ratten. Auch wenn sie wie vergoldete Engel am Abendhimmel schweben. Und sich über was auch immer kaputtlachen dort droben.

„*Ciao* Luigi, *come va?*"

Statt meinen Gruß zu erwidern, wirft Luigi einen Blick auf den verwaisten Herd. Asis löst sich erschrocken aus meinen Armen. Macht sich an den blubbernden Kochtöpfen zu schaffen. Und schon in diesem Moment spüre ich, dass dieser Abend nicht rund laufen wird.

Ich kenne diese Vorahnungen. Ich wache am Morgen auf. Gähne. Setze mich im Bett auf. Schaue an mir herunter. Und weiß, es wird kein guter Tag werden, der da auf mich zukommt.

Vielleicht sieht Luigi etwas anderes in unserer freundschaftlichen Umarmung? Vielleicht würde er selbst gerne an meiner Stelle sein? Immerhin ist er ein attraktiver Mann. Und hat weder Frau noch Freundin. Von der Arbeit jedenfalls habe ich Asis bestimmt nicht abgehalten. Außer uns sind noch keine Gäste da.

Es gibt diese Tage. Schnell aufstehen, um noch Semmeln fürs Frühstück zu ergattern. Bin sowieso schon spät dran. Beim Bäcker wartet eine Schlange Gähnender, die stumpf vor sich hin stieren. Wenn ich an der Reihe bin, sind die Lieblingssemmeln ausverkauft. Auf dem Rückweg stolpere ich über die Türschwelle. Verstauche mir den Fuß. Und so weiter. Nach so einem morgendlichen Start sehe ich die nächsten unangenehmen Überraschungen schon herannahen. Und rufe sie damit quasi herbei.

Als ich zu unserem Tisch zurückkomme, ist das Bemühte auf Toms Gesicht aufkeimendem Ärger gewichen. Karola und Anna sitzen über ihre Sektgläser gebeugt.

Die weiche Abendbrise zupft an Karolas Kleidchen.

„Lauwarm," brummt Tom und schiebt sein Glas von sich weg.

Karola nippt an ihrem Glas.

„Stimmt," bestätigt sie, „lauwarm."

Anna, die sich für unsere Freunde verantwortlich fühlt, hebt ihren Arm hoch. Cinzia, das bedienende Mädchen schaut geflissentlich in eine andere Richtung.

Jetzt nippt Anna an ihrem Glas. Schüttelt sich.

„Wie Spülwasser! *Senta!* Hören Sie!"

Cinzia bewegt weder Kopf noch Körper in unsere Richtung.

Annas Verantwortungsgefühl für diesen gemeinsamen Abend springt nun auch auf mich über. Ich stehe auf. Gehe auf Cinzia zu. Spreche sie an. Sie hebt unwillig ihren Blick. Schnauzt mir etwas entgegen, das ich nicht verstehe. Sie hat schlecht geschlafen, ist mit dem linken Fuß aufgestanden, hat sich über ihren Freund, Mann oder ihre Kinder geärgert. Sage ich mir. Und versuche ihren Blick zu unserem Tisch hinüberzuziehen.

Karola und Anna nippen demonstrativ an ihren Gläsern. Als würden sie den schal im Glas dümpelnden Sekt dadurch wieder zum Prickeln bringen.

Die Stimmung kippt zusehends.

Und jetzt erinnere ich mich.

Anna und ich haben das schon öfter erlebt. Es gibt Restaurants, die dürfen wir nur zu zweit besuchen. Gehen wir zu zweit in diese Lokale, ist alles wunderbar. Das Essen schmeckt. Die Atmosphäre stimmt. Der Wein mundet. Und wir werden zuvorkommend und aufmerksam bedient. Versuchen wir jedoch, so einen rundum geglückten Abend im selben Restaurant mit Freunden zu wiederholen, wird es ein Reinfall. Eine sich uns nicht erschließende Gesetzmäßigkeit verhindert, dass der Abend harmonisch abläuft. Das Essen ist schlecht. Der Wein schmeckt nach Korken. Die Bedienenden sind lustlos oder arrogant. Von irgendwo bläst ein Auspuff Abgase über unsere Teller. Dauerkreischende Kinder, wild auf sie einredende Mütter, kläffende Hunde oder aus Handys plärrende Einheitsmusik versuchen die anfänglich gute Stimmung runterzuziehen. Als wolle eine verborgene Dynamik nicht zulassen, den zu zweit als so angenehm empfundenen Abend mit Freunden noch einmal zu erleben. Bislang sind Anna und ich stets nur zu zweit bei Luigi gewesen. Sollte nun auch dieses von uns so geliebte Restaurant von dieser Dynamik betroffen sein?

Cinzia knallt die bestellte Vorspeisenplatte auf die Tischmitte. Und wirft die Bestecke hinterher.

„Ungewöhnliche Art, die Gäste zu bedienen," grummelt Tom.

Cinzia sammelt die nur angenippten Sektgläser kommentarlos wieder ein, als seien sie ohnehin nur eine formale Geste und gar nicht zum Trinken vorgesehen. Wir verteilen die Bestecke und Vorspeisenteller. Jetzt kommt auch Luigi mit dem Wein und den Gläsern an unseren Tisch. Öffnet die Flasche, schnuppert am Korken. Ich probiere. Der Wein ist in Ordnung. In vorsichtiger Hoffnung, dass sich dieser Abend nun doch noch in einen harmonischen verwandele, proste ich Tom zu, der einen Schluck Wein im Mund hin und herschiebt, sein Glas dann brüsk abstellt und seine Nase in alle Richtungen bewegt.

„Schmeckt dir der Wein nicht," frage ich besorgt.

„Riecht ihr denn nichts?" sagt Tom und saugt Luft durch seine sich verengenden Nasenflügel. Und bläst sie angewidert wieder aus.

Ich führe gerade ein *crostino* zwischen Mittelfinger und Daumen an meine Lippen. Will hineinbeißen, da erreicht der Geruch auch meine Nase. Ich lege das *crostino* auf den Teller zurück.

Anna stochert wie eine Krähe mit ihrer Nase um sich herum.

„Das riecht nach Scheiße," sagt sie, während Karola Verwesungsgeruch zu erkennen glaubt.

„Ob Scheiße oder Verwesung -," sagt Tom.

„Das riecht nach Kloake," unterbreche ich ihn.

„Scheiße, Verwesung, Kloake, egal, bei diesem Gestank kann ich nicht essen."

Wir rufen wieder nach Cinzia. Sie kommt nicht.

Ich gehe zu Luigi in die Küche.

„*Senti* Luigi, hör mal, da draußen an unserem Tisch riecht es seltsam."

Luigi greift nach meiner Hand, zerrt mich auf die Terrasse hinaus. Zeigt mit ausgestrecktem Arm nach Marciana hoch, das auf einem Hügelkamm unter dem über tausend Meter hohen *Monte Capanne* thront.

„*Guarda, Daniele*! Schau mal genau dorthin! *Vedi*? Siehst du? Da oben ist Marciana!" sagt er mit unterdrücktem Zorn, als hätte ich das abzustreiten versucht.

Ich schaue an seinem Arm entlang zu den mittelalterlichen Fassaden hoch. Ich weiß, dass es sich bei den in der Abendsonne spiegelnden Fenstern, die zu uns herunterblinken, um das malerische Bergdorf Marciana handelt. Ich lebe seit elf Jahren im Gemeindegebiet von Marciana. Das weiß auch Luigi. Ich habe keine Ahnung, warum er mich auf die Terrasse nötigt, um mir in diesem, wie ich finde, unpassenden Moment, zu zeigen, wo sich Marciana befindet.

„*Ooee*," sage ich unbeholfen. Ziehe meinen Nacken ein. Und hebe meine Schultern.

„Beschwer dich dort, *Daniele*. *Vai su al Comune!* Geh zur Gemeinde hoch und beschwer dich bei denen! *Non da me!* Nicht bei mir!"

Luigis Restaurant liegt inmitten dichter Steineichenwälder. Der Weg nach Marciana hoch ist steil und beschwerlich. Warum fordert er mich auf, zu dieser

Abendstunde zum Rathaus hochzusteigen? Statt mich über die unerträgliche Geruchssituation an unserem Tisch aufzuklären. Geschweige denn Abhilfe in Aussicht zu stellen. Zumal ich hier bei ihm ein gemeinsames Abendessen mit Freunden begonnen habe. Und die Gemeinde um diese Zeit schon lange geschlossen ist.

Und vor allem, worüber sollte ich mich dort beschweren?

Luigi lässt mich an der Terrassentür stehen. Und stiebt in die Küche zurück.

Die Sonne ist hinter den Wäldern versunken. Die Terrassenlaternen flammen zögerlich auf. Nach und nach trudeln die Gäste ein. In Kürze werden, wie immer, alle Tische besetzt sein.

„So kann und will ich nicht essen," sagt Tom, als ich unverrichteter Dinge an unseren Tisch zurückkomme, „ich verzichte auf den nächsten Gang. Lass uns zahlen und woanders hingehen!"

Ohne zu essen weggehen? Denke ich besorgt. Und lausche in meinen Magen hinunter. Meine Handflächen fangen zu schwitzen an.

Woandershin?

An einem Augustabend, einige Tage vor *ferragosto*, um 21 Uhr auf einer mit Touristen vollgepfropften Insel woandershin gehen?

Ich schüttele entschieden meinen Kopf. Kein Zweifel, dieser Abend ist verloren. Aber jetzt geht es nicht mehr nur um einen verpatzten Abend mit Freunden. Jetzt soll ich auch noch hungern!

„Genau!" ruft mein Magen von unten hoch, „ich habe ja noch nicht einmal etwas von dem *crostino* abbekommen, das du schon zum Mund geführt hattest."

Ich streichele beschwichtigend über meine Bauchmitte und überlege, was ich dazu beitragen könnte, um wenigstens nicht hungrig nach Hause gehen zu müssen.

Der Gestank kommt weiter in Wellen auf uns zu. Zieht sich minutenlang zurück. Um neuerlich Hoffnung aufkommen zu lassen. Und sich dann doch wieder über unseren Tisch zu stülpen.

Ich rufe nochmal nach Cinzia. Sie zuckt mit der mir zugewandten Schulter. Und verweist mit dem Kinn auf Luigi.

Inzwischen sind alle Plätze auf der Terrasse besetzt. Die Leute an den weiter abgerückten Tischen fangen an, neugierig zu uns herüber zu schielen. Sie wissen mit unserer Aufgebrachtheit nichts anzufangen. Der Gestank scheint nicht bis zu ihnen vorzudringen.

Asis schaut bekümmert aus dem Küchenfenster. In seinem umwölkten Lächeln lese ich, dass er mitbekommen hat, dass irgendwas, das mit uns zu tun hat, nicht stimmt. Wie soll ich ihm erklären, dass nicht wir es sind, mit denen was nicht stimmt?

Jetzt sehe ich Valentina, Luigis Tochter, aus der Küche kommen. Doch auch sie sagt nur „Luigi". Der hier alle Fäden in der Hand hat. Sie aber nicht zur Beseitigung unseres Problems zusammenzuführen vermag.

Ich denke an die entspannten Abende mit Anna. Luigi, der uns schon von weitem begrüßt. Vom neuesten Wein berichtet, den er entdeckt hat. „Ich bin sicher, der wird euch schmecken. Und übrigens, heute gibt's wieder die *palle di toro*, die du so magst, *Daniele*." Er lacht. Als er sie uns zum ersten Mal anbot, wandte ich mich angewidert ab. Luigi hat sie mir dann untergemogelt. Seitdem bin ich verrückt nach diesen Stierhoden. Die Asis in einer köstlichen, leicht scharfen Soße zubereitet.

Um den Abend vielleicht doch noch zu retten, gehe ich ein weiteres Mal zu Luigi. Vielleicht finden wir ja gemeinsam eine Lösung für diese verfahrene Situation.

„*È il maledetto depuratore del Comune di Marciana!* Es ist die verdammte Kläranlage der Gemeinde! " bellt er.

Ich schaue ihn verblüfft an. Wiege meinen Kopf hin und her. Das ist nicht der Luigi, den ich kenne. Der hier vor mir steht. Und mich anraunzt.

„Sie steht den ganzen Tag da unten ungeschützt in der prallen Sonne," schimpft er auf mich ein. Als habe ich die Kläranlage dort aufgestellt.

Am Abend „atme sie dann aus," wie er sich ausdrückt. Und wehe in unregelmäßigen Abständen Schwefelgase aufs Ende der Terrasse zu.

„Dorthin, wo eben euer Tisch steht," fügt er vorwurfsvoll hinzu. Und deutet zu Karola, Anna und Tom hinüber.

Wieso er dann diesen Platz für uns auserkoren habe? Und warum er, in Kenntnis dieser allabendlichen Geruchsverwehungen überhaupt einen Gästetisch dort aufstelle? Frage ich mich. Statt ihm diese Fragen zu stellen. Zudem scheint es mir unwahrscheinlich, dass es die Gemeindekläranlage von Marciana ist, die so weit vom Ort entfernt, hier direkt vor Luigis *ristorante* installiert sein sollte. Doch auch diese Überlegungen verharren unausgesprochen in mir.

Ich beobachte, wie Luigi auf der Wiese unterhalb der Terrasse an etwas herumhantiert. Er schraubt an verschiedenen Deckeln und dreht an irgendwelchen Hähnen herum. Ein Blubbern wird hörbar. Verstummt dann wieder. Es ist vielleicht doch nicht die Kläranlage von Marciana, die sich nach der Hitze des Tages zu dem uns zugeteilten Tisch hin entlüftet. Denke ich.

Was tun? Aufbrechen und hungrig bleiben? Oder ausharren und uns weiter ärgern?

Anna, Karola und Tom erheben sich. Schieben ihre Stühle zurück. Anna hängt sich ihre Tasche um. Ich ducke mich unter meinen Hunger. Dränge das Grummeln in meinem Magen beiseite. Und stemme mich von der Tischplatte hoch. Letztlich will auch ich mein

Abendessen nicht innerhalb sporadisch auf uns zu wehender Fäkaliengerüche einnehmen.

Plötzlich rennt Luigi, unter Begleitung des Chefkochs und seines Hundes, dessen Namen ich immer wieder vergesse, auf uns zu. Ohne ein Wort zu verlieren, tragen die beiden Männer den schweren Tisch im Gleichschritt, wie Soldaten die einen bedeutsamen Auftrag zu erfüllen haben, durch die inzwischen vollbesetzten Gästetische bis ans entgegengesetzte Ende der Terrasse. Der Hund, eine Mischung aus allem, versucht, sich ihrem Marschierschritt anzugleichen. Doch für einen Vierbeiner ist das nicht so einfach. Er gibt auf und wuselt zwischen Luigi und seinem Koch hin und her. Luigi gibt ihm einen Fußtritt. Der Hund jault laut auf. Und läuft in die Küche zurück.

Wir schauen uns an. Schnuppern in alle Richtungen. Hier wehen nur noch einladende Düfte aus der Küche auf uns zu. Nun könnte der Abend eigentlich harmonisch anlaufen. Denke ich. Und werfe Anna einen hoffnungsvollen Blick zu.

Doch als nach langer Wartezeit statt drei bestellter Nudelgerichte nur zwei Gerichte an unserem Tisch ankommen, und die nach neuerlich langem Warten aufgetischten Wildschweinstücke zäh wie Leder sind, mein Rinderfilet, obgleich als blutig bestellt, völlig durchgebraten ist, (*palle di toro* gab es heute natürlich keine), verflüchtigen sich letzte Hoffnungsschimmer, dass sich dieser Abend noch aus der befürchteten Gesetzmäßigkeit ausscheren könnte. Die nun ganz offensichtlich auch Luigis Restaurant erfasst hat.

Natürlich müssen wir dann auch noch eine Ewigkeit warten, bis unser *dolce* an den Tisch gebracht wird. Und eine weitere Ewigkeit bis Luigi (Cinzia ist längst nach Hause gegangen) mit der mehrmals von uns angemahnten Rechnung an unserem Tisch erscheint. Und natürlich sind die nicht angekommenen Nudeln auf der Rechnung mitaufgeführt. Auch nach dem sonst von

Luigi stets gewährten Nachlass für Freunde und Stammgäste, suche ich vergebens.

Tom reicht Luigi seine Kreditkarte.

„*Niente carta,*" grummelt Luigi.

"*Come niente carta?* " frage ich.

"*Solo in contanti.* "

Tom sieht mich fragend an. Ich sehe Luigi fragend an.

„*Come in contanti? Finora abbiamo sempre pagato con...* sagt Anna verwundert, "wieso Bargeld? Wir haben doch immer mit – "

"*L'apparecchio è rotto,*" unterbricht sie Luigi. Der Kartenleser sei kaputt.

„*Un fulmine,*" fügt er hinzu.

„Was ist los," fragt Tom, „ich verstehe kein Wort."

„Er will Bargeld," übersetze ich, „der Blitz hat in den Kartenleser eingeschlagen."

„Blitz?" fragt Tom, zieht seinen Geldbeutel aus der Jackentasche und blättert die erwünschten Scheine vor Luigi hin. Luigi rollt die Scheine zusammen und steckt sie in seine Hosentasche. Toms generöse Geste ist mir peinlich. Es war meine Idee, zu Luigi zu gehen.

„Blitz?" wiederholt Tom noch einmal, „sagtet ihr nicht, es scheine schon seit Monaten durchgehend die Sonne?"

„Keine Ahnung, vielleicht meint er einen Kurzschluss."

„Ein Kurzschluss? Gibt es dafür kein eigenes Wort im Italienischen?" wundert sich Tom.

„Im Italienischen ist vieles nicht eindeutig und in mehrfacher Hinsicht interpretierbar," sage ich.

„Und das nicht nur in der Sprache," merkt Karola an, die das Italienische gut beherrscht.

„Das scheint mir auch so," lacht Tom.

Ich folge Luigi in die Küche.

„*Non era una di quelle serate divertenti come al solito da te*, das war keiner dieser vergnüglichen Abende, wie wir sie sonst bei dir erleben," sage ich. Und versuche meinen Ärger zurückzuhalten.

Luigi dreht sich zu mir um.

„*No eh?* " raunzt er, was in etwa „aha" oder „soso" bedeutet.

Er mustert mich, als erkenne er jetzt den in mir, der ihm bisher verborgen geblieben war. Schüttelt seinen Kopf. Wendet sich ab. Macht das Licht aus. Und verschwindet hinter den auf dem Herd aufgereihten und von Asis säuberlich abgeschrubbten Töpfen. Auf eine Umarmung von Asis muss ich verzichten. Er ist längst auf seinem Zimmer verschwunden.

Eine unerwartete Nachtböe schaukelt die vor Trockenheit knisternden Zweige der Steineichen. Einige Blätter trudeln auf die eben erst abgewischten Holztische. Orangerot wächst der leicht nach oben gekrümmte Vollmond über die Dächer von Poggio. Ich werfe einen letzten Blick auf die silbern schimmernden Hänge des *Monte Capanne*. Aus den Schluchten der ausgetrockneten Wasserläufe dringt das Grunzen der Wildschweine und die zischenden Warnlaute der Mufflons zu uns herauf.

Ein Schmatzen und Rascheln im Gebüsch neben mir lässt mich aufschrecken. Anna knipst ihre Taschenlampe an. Ein gut genährter Igel wieselt durch den Lichtkegel.

„Puuh! Hab ich mich erschreckt," lacht Karola.

Was hat Luigi in meinem Gesicht gesucht? Und offenbar nicht gefunden? Frage ich mich, als wir hinter dem Lichtstrahl der Taschenlampe über den dunklen Hof gehen.

Verständnis?

Natürlich habe ich gesehen, dass alle Tische auf der Terrasse besetzt waren. Dass Cinzia Mühe hatte, mit dem Ansturm der Gäste zurechtzukommen. Doch auch wenn wir zu zweit zu Luigi kommen, ist sein Lokal gut besucht. Niemals gab es an seiner Küche was auszusetzen. Und wir wurden stets zuvorkommend bedient. Vielleicht hat er ja über sich selbst den Kopf geschüttelt? Oder er fragte sich, welch ungute Dynamik diesen Abend wohl im Griff gehabt haben könnte. Am wahrscheinlichsten ist, dass er sich genauso wenig dabei dachte, wie er sich dabei gedacht haben muss, uns im Wissen um diesen von Fäkaliengerüchen umwehten Tisch just an diesen Tisch zu setzen. Ja, überhaupt einen Tisch an dieser unappetitlichen Stelle zu platzieren!

Dass jeder der Gäste, der an unserem Tisch vorbeikam, uns ehrerbietig grüßte, konnte unsere gekippte Stimmung dann auch nicht mehr aufhellen. Sie müssen uns wohl als VIPS eingestuft haben, als Luigi und sein Chefkoch mit unserem gedeckten Tisch über die vollbesetzte Terrasse marschiert sind, und der Haushund gewichtig hinterher fußelte. Ah ja, Pepe heißt er, jetzt fällt es mir wieder ein.

Inzwischen ist der Mond am Kamm des *Monte Capanne* angekommen. Aus den sich im blassen Glanz um uns herum weitenden mediterranen Wäldern dringt das melancholisch monotone Pfeifen eines *asiolo*, einer Zwergohreneule, die die Festlandtoskaner *chiurlo* nennen. Ihre Rufe prallen an den Befestigungsmauern von Marciana ab und hallen in langgezogenem Echo zu uns herunter.

„Nie wieder mit Freunden zu Luigi," flüstert mir Anna auf dem Heimweg zu.

„Wenigstens muss ich nicht hungrig ins Bett gehen," sage ich.

„Ou Mann, du denkst doch wirklich nur ans Essen!"

„Entschuldige mal, Anna, wofür geht man denn sonst in ein Restaurant?!"

Eine elegante Lösung

Simo kommt mir grinsend entgegen.

Ich bin noch zu weit von ihm entfernt, um zu verstehen, was er mir sagen will. Das kümmert ihn nicht. Wenn er was zu erzählen hat, muss er es sofort erzählen. Seine Neuigkeiten dulden keinen Aufschub.

Er zeigt mit dem Finger auf seinen Garten. Ich höre nur sein Lachen. Er redet aber weiter.

Zwei Männer seien dagewesen, verstehe ich jetzt.

„*Due uomini?*" frage ich.

„*Si, due uomini.* Von der Telecom."

Simo deutet wieder in seinen Garten. Ich sehe keine Männer.

„*Il palo qua!* Der Mast, dort," sagt Simo, lacht immer noch, „*guarda!* Schau doch!"

„Der Telefonmast, der zwischen den Tomatensträuchern und der Petersilie steht?"

Simo nickt.

Jetzt erscheint auch Dorina, seine Frau, im Türrahmen.

„Der war doch schon vorher da," sage ich.

Beide schütteln ihre Köpfe.

„Der ist neu," sagen sie im Chor.

„Ja, ja, ich weiß. Der alte Mast war umgefallen. Er ist vor etwa einer Woche neu eingesetzt worden."

„Ja, eben," sagt Dorina.

Simo lacht.

Simo ist mein rumänischer Freund in Gargagnola. So heißt der aus wenigen Häusern zusammengewürfelte Ort hier im Nordwesten der Insel.

Ich kann nur ein paar Sätze Rumänisch. Er kein Wort Deutsch. Spricht aber ganz ordentlich Italienisch. Also sprechen wir Italienisch miteinander. Doch wenn

Simo erzählen will, was gerade wieder mal vorgefallen ist, findet er die Worte nicht schnell genug. Er spuckt sie seinen Gedanken hinterher. Verhaspelt sich zwischen dem, was aus ihm herauswill und dem, was aus ihm herauskommt.

Nun, das kenne ich.

Er und Dorina pflegten Romeo, unseren früheren Nachbarn, bis an sein Lebensende. Zum Dank hinterließ er ihnen Haus und Grundstück.

Das Grundstück befindet sich unterhalb von uns. Wir wohnen weiter droben, am Hang. Nur über einen schmalen Pfad erreichbar.

Bei uns oben passiert nichts, was erzählenswert wäre. Nur, dass ab und zu der Blitz einschlägt. Oder die Wildschweine wiedermal den Zaun durchbrechen und das ganze Grundstück verwüsten. Naja, gelegentlich entwurzelt der Scirocco einen unserer Bäume. Oder deckt unser Dach ab. Nichts Nennenswertes.

Simos Haus jedoch liegt am Ende der befahrbaren Straße, die in einer Sackgasse endet. Dort gibt es immer wieder Vorkommnisse. Über die er mich auf dem Laufenden halten will.

Wanderer, die sich trotz eindeutiger Beschilderung in die falsche Richtung verlieren. Badehosenmenschen, die dem Schild ‚*al mare*' misstrauen, nach dem richtigen Abstieg zum Strand fragen. Und dann doch den falschen gehen. Oder Installateure, Maurer und Paketboten, die sich nach einer bestimmten Hausnummer erkundigen. Denn die wenigsten Häuser hier unten tragen erkennbare Nummern.

Manchmal berichtet er mir auch nur von Nachbarn, die sich auf ein Schwätzerchen über seinen Gartenzaun lehnen.

All das erachtet Simo für erwähnenswert. Und erzählt es mir.

Inzwischen hat er seinen Atem wieder unter Kontrolle.

Zwei Männer von der Telecom seien mit einem neuen Telefonmast an sein Gartentor gekommen.

Wo denn die Hausnummer *La Conca* 21 sei? Wollten sie wissen. Ein Mast sei dort angeblich umgefallen. Und sie hätten den Auftrag, ihn zu ersetzen.

„*La Conca* 21?" sagt Simo, „das ist bei Sergio Lupi. Unten an der *Cala*. Kurz bevor sich der Bambushain zum Strand hin öffnet."

„An der *Cala*?" fragt einer der Telecom-Männer.

„Ein steiler und holpriger Pfad," sagt Simo, „etwa achthundert Meter lang. Vielleicht auch mehr. Gleich da vorne bei der Böschung geht's runter."

„Achthundert Meter?" sagt einer der Männer.

„Vielleicht auch mehr, hat er gesagt," gibt der andere zu bedenken.

Sie schauen auf ihren Mast, den sie mit sich tragen. Wenden sich dann wieder Simo zu. Legen den Mast vor seinem Gartentor ab. Gehen bis zur erwähnten Böschung vor. Und schauen nachdenklich auf den steinigen Weg, der sich steil nach unten schlängelt.

„Da sollen wir runter? Mit dem Mast auf unseren Rücken?" sagt der eine.

„Und mit dem alten Mast wieder hoch," ergänzt der andere.

„800 Meter," sagt der eine.

„Vielleicht auch mehr," sagt der andere.

„Über einen steilen und holprigen Weg," fügen sie gemeinsam hinzu. Schütteln ihre Köpfe. Schreiten entschlossen zu Simos Gartentor zurück. Und beugen sich über den Zaun.

„Steht der da drüben noch in deinem Garten?" fragt der eine.

„*Non ho capito?*" sagt Simo, „wer steht in meinem Garten?"

„*Ma guarda,* schau doch mal! Da zwischen Kräutern ist doch ein Telefonmast. Steht der noch innerhalb von deinem Garten. Ich meine, ist das noch dein Grundstück, wo der Mast dort steht?"

„*Si, si, certo,* den haben Kollegen von euch vor etwa einer Woche ausgewechselt. Der alte war umgefallen. Angeblich sei er schadhaft gewesen."

Die beiden Männer sehen sich an.

„*Perfetto,*" sagt der eine, „dann stellen wir dir diesen Mast hier in deinen Garten. Was meinst du?"

„Wieso?" sagt Simo, „ich brauch keinen zweiten Mast in meinem Garten."

„*Non hai capito bene, amico,* also nochmal: wir graben den alten Mast aus. Und setzen dir stattdessen diesen hier ein."

Beide deuten gleichzeitig auf den vor ihnen liegenden Mast.

„*L'hai capito, ora?* Hast du es jetzt verstanden?"

„Wozu soll das gut sein," meint Simo, „der ist doch noch neu. Wie gesagt, gerade mal eine Woche alt."

„Schau dir diesen hier an, *amico!*" sagt einer von den beiden. Und deutet auf den Mast zu seinen Füßen.

„Der hier ist noch neuer."

Ein Witz? Habe er zuerst gedacht. Erzählt Simo. Die können mir doch nicht einfach einen Telefonmast in meinen Garten stellen, der gar nicht für mich bestimmt ist.

Und während er noch zögert, ob er lachen oder protestieren soll, hat einer der Männer den Mast schon an einem Ende hochgehoben.

„*Forza Gianni!* Komm! Hilf mir mal!"

Sein Kollege hebt den Mast am anderen Ende hoch.

„*Facci passare!* Lass uns vorbei, *amico!*"

Sie drängeln sich am völlig überrumpelten Simo vorbei in seinen Garten hinein.

In weniger als einer halben Stunde ist der neue Mast herausgehebelt und der noch neuere an derselben Stelle wieder eingesetzt.

„*Be', ce l'abbiamo fatto,* das hätten wir geschafft," seufzen sie und reiben sich die Hände.

„Du hast doch sicher eine Säge, *amico*?"

Wie unter Hypnose habe er die Motorsäge aus dem Schuppen geholt, erzählt Simo.

„*Guarda,* Franco! *È ben' attrezzato, il nostro amico,* unser Freund ist gut ausgerüstet."

Sie können ja nicht wissen, dass es meine Säge ist.

Der Wortführer reicht die Motorsäge an seinen Kollegen weiter. In wenigen Minuten ist der alte neue Mast in zwei ungleiche Teile zersägt. Und die Männer geben Simo die Motorsäge wieder zurück.

„*Grazie, amico!* Schau doch selbst, das ist ein Vorteil für uns alle! Wir haben uns einen anstrengenden Ab- und Aufstieg gespart. Und du hast einen brandneuen *palo* in deinem Garten."

„Der andere Mast war ja auch noch neu," brummt Simo nochmal.

„Der hier ist aber noch neuer. Hab ich nicht recht, Franco?"

Franco nickt.

„Und Sergio Lupi?" fragt Dorina.

„Sergio Lupi? *Chi è?* Wer ist denn Sergio Lupi?"

„Nun, der von der Conca 21. Für den der Mast bestimmt war."

„*Ah si, vero. Ma questo Lupi si arrangerá, dico bene* Franco?" sagt der wortführende Arbeiter. Und macht eine wegwerfende Handbewegung, „der kommt auch so zurecht. Nicht wahr, Franco?"

Franco nickt wieder.

Jeder von ihnen schultert einen halben Mast.

„*Forza,* Franco! *Andiamo!*"

„Als Beweis," fügt der Wortführer hinzu, „als Beweis, dass dein Mast kaputt war. Heutzutage muss man ja für alles einen Beweis vorzeigen, *dico bene,* Franco?"

Die Männer werfen die zwei halben Masten auf ihren Lieferwagen. Hupen zweimal. Winken. Rufen „*arrivederci*" aus den offenen Autofenstern. Und fahren davon.

„Und was ist nun mit Sergio Lupi?" frage ich Simo, „was wird er sagen, wenn er merkt, dass der beauftragte Mast nicht bei ihm angekommen ist."

Simo sieht mich belustigt an.

„*Non l'hai capito,* Daniel, *vero*? Zuerst habe ich's auch nicht verstanden," prustet er, „aber denk mal nach! Sergio weiß ja nicht, dass die beiden Männer mit dem Mast für ihn hier waren. Irgendwann wird er sich wundern, dass der Mast noch immer nicht bei ihm aufgestellt wurde. Er ruft bei der Telecom an. Die Telecom versucht herauszufinden, was schiefgelaufen ist. Das wird dauern. Und bis sie dann neuerlich zwei Männer mit einem Mast hierher schicken, wird es nochmal dauern...."

„Ja und? Worauf willst du hinaus, Simo?" unterbreche ich ihn ungeduldig.

„Worauf ich hinauswill? Das liegt doch auf der Hand. Du weißt, wie das hier läuft. Die beiden Arbeiter waren, vorsichtig geschätzt, in die sechzig. Bis die Telecom wieder einen Mast zu Sergio schickt, wird noch viel Zeit vergehen. Inzwischen sind Franco und sein Kollege längst pensioniert. Es werden andere sein, die den Mast zu Sergio hinunterschleppen müssen."

"Und den alten wieder hoch," füge ich hinzu, und jetzt muss auch ich lachen, „ja, eine elegante Lösung. Und wenn diese dann so pfiffig sind, wie ihre ehemaligen Kollegen, wirst du vermutlich wieder einen neuen Mast in deinen Garten bekommen."

„Und Sergio, wird sich neuerlich beschweren, dass sein umgefallener Telefonmast immer noch nicht ersetzt wurde," sagt Simo und sieht mich fragend an, „ich hoffe nur, ich darf deine Motorsäge bis dahin behalten, damit sie meinen alten Mast wieder in Beweisstücke zersägen können."

Auf einer Parkbank in Grosseto

Sie sitzt mit ineinander verschlungenen Beinen auf einer Parkbank. Mit allen zehn Fingern wühlt sie in ihrer blauschwarzen Mähne. Die lockig nach vorne über ihr weißes T-Shirt fällt. So, dass ich ihr Gesicht nicht erkennen kann.

Er, in schräg nach vorne gebeugter Dozierhaltung, mehr über ihr als neben ihr, lässt ununterbrochen schnelle kurze Sätze auf sie herunterprasseln. Und während sich ihr Nacken immer mehr versteift, kippt er weiter Wortkaskaden über sie.

Sie sagt nichts. Streckt sich mehr und mehr nach hinten. Krümmt sich, als die Banklehne kein weiteres Zurück mehr zulässt, nach innen. Um dem Schwall seiner Worte zu entrinnen.

Auch der Junge hat lockiges dunkles Haar, das im Rhythmus seiner Rede vor seiner Stirn auf- und ab hüpft.

Ich stelle mir vor:

Sie findet sich in all den Worten, die gegen sie anstürmen nicht mehr zurecht. Er versteht nicht, warum er sie nicht erreichen kann. Sie versteht nicht, was er ihr sagen will. Und kauert sich noch mehr in sich zusammen.

Obwohl oder weil sie beharrlich schweigt, und ihr Gesicht hinter ihrer dichten Haarwand auch für ihn verborgen bleibt, redet er weiter auf sie ein. Hofft vielleicht, dass seine Worte durch die abwehrende Membran ihres Herzens dringen. Und nicht weiter als leere Hülsen von ihr abprallen.

Plötzlich, als würde er sich seiner Ohnmacht, sie nicht erreichen zu können, auf einmal bewusst, senkt er leicht seinen Kopf. Versucht durch ihre Haarmähne zu schielen. Und hält inne. Sie schüttelt ihre Locken mit einem sanften Schwung beiseite. Hebt zögernd ihr Gesicht zu ihm hoch. Doch schon sprudeln die nächsten Sätze auf sie zu. Und sie versteckt sich schnell wieder hinter ihrem dichten Haar.

Ich stelle mir vor, dass sie, von ihren Gefühlen für ihn auf diese Bank gefesselt, weiter nach inneren Verstecken sucht, um sich vor der Wucht seiner Worte zu schützen, die sie zuzuschütten drohen.

Vielleicht, denke ich, ist dem Jungen längst klargeworden, dass die Worte, die unaufhaltsam aus ihm herausströmen, ins Leere gehen. Sie haben sich verselbständigt. Und es gelingt ihm nicht mehr, seinen Redefluss aufzuhalten.

Ich frage mich:

Wann wird die junge Frau die Hoffnung aufgeben, ihre tausend ungesagten Neins, die sich vor der überschäumenden Flut seiner Zerschmetterungsrede in ihr aufgehäuft haben, könnten irgendwann doch noch für ihn hörbar werden?

Dann wende ich mich ab. Und gehe weiter. Bevor mich die Beiden womöglich noch bemerken.

Nach einer Stunde komme ich hier wieder vorbei. Die Beiden sind gegangen. Die Bank ist leer. Meine Beine sind müde. Und doch schaffe ich es nicht, mich auf die Bank zu setzen. Als türmten sich die tausend ungesagten Neins immer noch auf ihr.

Der Barista von Costa Fabbri

In einer Bar kurz vor Siena beobachtet mich der Barmann, wie ich im Europa-Atlas blättere. Er kommt näher. Schaut mir über die Schulter. Fragt mich, wie hierzulande üblich, nach meinem Befinden. Ohne darauf eine Antwort zu erwarten. Die ich ihm auch schuldig bleibe.

Er fragt mich, wo Griechenland liegt. Und wo sich Spanien befindet. Irgendwie spüre ich, dass ihn diese Länder nicht wirklich interessieren. Als ich mit dem Finger auf Italien deute, fragt er mich wo Florenz und wo Siena ist. Ich rutsche mit meinem Finger hin und her. Und er stellt belustigt fest, dass er sich in seinem ganzen bisherigen Leben nur innerhalb von zwei Zentimetern bewegt hat.

Dann bittet er mich nochmal, ihm Jugoslawien auf der Karte zu zeigen.

Aha, denke ich, Jugoslawien interessiert ihn also.

Sicher hat er sich mal in eine Touristin von dort verliebt. Oder einen aufregenden Sommer dort verlebt.

Ich versuche ihm zu erklären, dass es Jugoslawien in der ehemaligen Zusammenfassung der darin enthaltenden Kleinstaaten nicht mehr gibt. Er winkt ab. Dass die jetzigen Kleinstaaten mal in einem großen Staat zusammengehört haben und in einem schrecklichen Krieg auseinandergefallen sind, ist ihm egal.

Er habe gehört, man könne dort noch gut jagen. Sagt er. Er sei nämlich ein leidenschaftlicher Jäger.

Ja, denke ich, welcher Toskaner ist das nicht?

„Qui da noi in Toscana, ormai non c'è più niente," grunzt er verdrossen. In der Toskana gebe es kaum noch was, auf das man schießen könne. Weder Wildschweine noch Vögel. Er würde auch auf seine…

„Ja, ich weiß," unterbreche ich ihn, „leider fliegen sie nicht. Und sie kriechen auch nicht durchs Unterholz."

Er lacht.

„*Ma Lei non è toscano, vero?* Aber Sie sind doch nicht etwa ein Toskaner?"

„*Magari*, schön wär's."

„*Insomma*, naja."

„Immerhin kennen Sie unsere Redensarten, *complimenti!*"

„*Sopratutto le bestemie,* vor allem die Flüche."

Er lacht.

„Und auch die nicht alle," füge ich abwehrend hinzu.

"Ja, die toskanischen Flüche..." sagt er und wirft seinen Kopf nach hinten, "*è impossibile conoscerne tutte,* es gibt unzählige, niemand kennt sie alle."

Er mustert mich mit einem schelmischen Blick.

„Aber der mit den Müttern scheint Ihnen gefallen zu haben. Sind Sie vielleicht auch Jäger?"

„*Per carità*, Gott bewahre!" entschlüpft es mir.

„*Ho capito*," sagt er, schlendert hinter seinen Tresen zurück. Und beachtet mich nicht mehr weiter.

Wohin und wie weit er auch führe, denke ich, er würde sich immer nur innerhalb von zwei Zentimetern bewegen.

Cenone *
* festliches Essen in mehreren Gängen

Weil wir bei der Olivenernte mitgeholfen haben, nehmen uns unsere Nachbarn Beppe und Maria zum sogenannten *Cenone* ins ‚Ristorante Da Luca' mit.

Es ist Mitte Dezember. Ein böiger *tramontana* (ein im mediterranen Raum gefürchteter Nordwind) bläst uns entgegen, als wir in Monte Antico aus dem Auto steigen. Es herrscht diese beißende, in alles eindringende Kälte, die ein nur im Sommer die Toskana besuchender Tourist nicht für möglich halten würde.

Ich hatte schon von diesen *cenoni* gehört, Tafelrunden, die sich über den ganzen Abend hinziehen. Aber niemals hätte ich gedacht, dass ein einzelner Mensch so viel zu essen vermag, wie wir an diesem Abend unter Beweis stellen sollten. Ich wusste, dass der Toskaner, wie alle Italiener, meist in mehreren Gängen speist. *Pasta, secondo, formaggio,* und *dolce.* Am Ende oft auch noch *frutta,* eine große Schale mit Früchten der Saison. Und auch ein *antipasto* sollte nicht fehlen.

Die Fülle an Gerichten jedoch, die an diesem Abend bei Luca aufgetischt werden sollten dürfte alles übersteigen, was sich ein Mittel- und Nordeuropäer vorzustellen vermag.

Es beginnt mit einem eiskalt servierten *aperitivo.*

„Das soll den Magen vorwärmen," sagt Francesca, die Tochter von Maria und Beppe. Und schenkt mir ein breites Grinsen. Dann geht es gleich los mit dem ersten *antipasto.* Ein zweites, drittes und viertes folgt. *Bruschette al pomodoro. Crostini,* geröstete Weißbrotscheibchen mit Hühnerleberpastete bestrichen. Überbordende Aufschnittplatten. Dazu *sott'oli,* eingelegte Oliven, Artischocken, Zwiebeln, Peperoni, Tomaten, Pilze, würzige Anchovis in einer Petersilien-

knoblauchsauce. Sardellen in Essig, Zitrone oder Weißwein. Mozzarella mit Tomaten und Basilikum. *Vitello tonnato. Insalata di mare. Carpaccio di tonno.*
Und natürlich Salate in allen Variationen.

„Jetzt bin ich eigentlich satt," sagt Anna. Und weil sie es auf Italienisch sagt erhält sie prompt die entrüstete Antwort von einer ihr gegenübersitzenden Nachbarin:

„*Ma come? Non abbiamo nemmeno cominciato*! Wie? Wir haben doch noch nicht einmal angefangen!"

Und schon geht es weiter mit der *Pasta*, dem Herzstück der italienischen Küche.

Tagliatelle al ragu, Pappardelle alla lepre, Pici con porcini und *Tortelli al tartufo* werden nacheinander aufgetragen. Und für die Kinder Spaghetti mit Tomatensoße. Ausgetrunkene Rotweinkaraffen werden durch volle ersetzt. Die Weingläser werden gegen das Licht hochgehalten und lobende oder kritische Bemerkungen über Farbe und Aroma ausgetauscht. Jeder hat natürlich noch einen weit besseren Wein zu Hause, von dem er die anderen zu unterrichten weiß. Behutsam wird jede Nudel zwischen Gaumen und Zunge auf Bissfestigkeit überprüft. Die Köpfe wiegen einander zu. Denn jeder hat natürlich auch eine *mamma* oder eine *nonna* zu Hause, die unvergleichlich besser kocht. Doch da man nun schon mal zusammensitzt, und sich Lucas Nudelgerichte eines guten Rufes erfreuen, treten die heimischen Kochkünste vorübergehend in den Hintergrund.

Und natürlich ist es überhaupt nicht egal, welche Nudelsorte mit welchem *sugo* kombiniert wird. Und wer zu Nudeln mit Meeresfrüchten, Trüffeln oder Steinpilzen Parmesan verlangt, erntet auch heute noch ein mitleidiges Lächeln vom Kellner. Vor noch nicht allzu langer Zeit wurde dem Gast dieser für einen *toscano* geradezu abartige Wunsch schlicht verweigert.

Am Ende der mit reichlich Wein umspülten Teigschlacht ist der mittel- und nordeuropäische Magen definitiv am Ende seiner Aufnahmefähigkeit angelangt. Anna befühlt stöhnend ihren Bauch. Maria schaut besorgt zu ihr hin. Lächelt dann wohlwollend zu mir herüber.

„*Daniele è una buona forchetta, lo sappiamo.* Daniel ist ein guter Esser, das wissen wir schon."

Aber auch ich frage mich, wie ich das bis zum Ende durchhalten soll. Lass es mir aber nicht anmerken. Ich weiß, dass die *toscani* es schätzen und als Kompliment auffassen, wenn man viel zu essen vermag.

Plötzlich erheben sich alle. Einige tauschen die Plätze. Andere gehen zum Rauchen vor die Tür. Offensichtlich tritt nun eine Pause ein. Wohl um den gefüllten Mägen eine Chance zu geben, sich leidlich zu regenerieren. Auf ein geheimes Zeichen, kommen dann alle wieder zu ihren Plätzen zurück. Und schon werden verschiedene Fleischplatten aufgetragen. Dazu, auf gesonderten Tellern, saisonales Gemüse, kleine weiße Bohnen mit Knoblauch und Salbei und Kichererbsen an Mangold.

Anna steht auf. Streckt sich. Und schüttelt den Kopf. Aber auch diese Geste bleibt nicht unbemerkt.

„*Mangiate, ragazzi, mangiate!* Gleich kommt noch mehr," sagt Maria. Und Beppe nickt ihren Worten aufmunternd hinterher.

„Noch mehr?" fragt Anna entsetzt, „nein, nein! Unmöglich! Ich streike."

„*Sciopero?*" lacht Beppe und springt auf, „*avete sentito? La Signora fa sciopero!* Streik? Habt ihr gehört? Die Signora streikt."

Nun fallen auch alle anderen in Beppes Gelächter ein.

Die Stimmung wird ausgelassener. Anna lässt sich dann doch noch zu dem einen oder anderen Häppchen überreden. Und als wir gerade aufzuatmen beginnen, dräut schon der Käseteller. Und gleich darauf bringt Luca persönlich eine riesige prallvolle Schüssel mit Früchten heran.

Dann tritt wieder eine kleine Pause ein.

Außer bei Anna erkenne ich bei niemandem Anzeichen von Schwäche oder Abgekämpftheit. Ich wundere mich über mich selbst, aber auch ich könnte jetzt durchaus noch ein Dessert vertragen.

Die Sitzordnung wechselt wieder. Die Raucher grapschen erneut nach ihren Schachteln und Feuerzeugen. Doch just in diesem Augenblick kommt es zu einem weiteren Höhepunkt des Abends. Das *dolce,* die Nachspeise wird aufgetragen.

Mit seinem in der ganzen Gegend gerühmten Tiramisu beweisen Lucas Köchinnen und Köche nochmal ihr Können. Auch das dazu gereichte Gebäck ist natürlich hausgemacht. Nur das Gefrorene kommt aus einer namhaften Eisdiele in Paganico. Dazu gibt es kunstvoll gestaltete Pralinen und *Ricciarelli* aus der bekannten *Pasticceria* Nannini in Siena. Und auch Anna lässt sich noch ein halbes *semifreddo* an den Tisch abringen.

Die Tafelrunde ist am Gipfel der kulinarischen Schlacht angekommen.

Jetzt bringt Luca *amari, grappe* und *Vinsanto* an den Tisch.

Giuglielmo und Ricardo, die Söhne von Maria und Beppe hängen sich an Marias Rockzipfel. Rufen „*mamma, mamma, vogliamo un gelato!* Laufen quietschend zur Eistruhe. Und nun werden auch die anderen Nachbarkinder unruhig. Rennen den beiden hinterher. Tauchen ihre Köpfe in den eisigen Schlund des süßen Paradieses. Und fingern ihre Favoriten an die Oberfläche.

Das *cenone* scheint in seiner Abrundungsphase angekommen zu sein.

Jemand ruft laut *caffè* (sprich: "kaffää" mit starker Betonung auf den beiden "ää") und fast alle Hände schießen hoch. Sogleich erscheint die aromatisch duftende schwarze Brühe in kleinen Tässchen, auf ihrer Oberfläche goldbraun geschäumt.

Erschöpft, ergeben, aber immer noch genussvoll, wird das heiße Gebräu mit spitz geschürzten Lippen in einem Satz hinuntergeschüttet, nicht ohne es vorher mit Unmengen Zucker vermengt zu haben, der in ausdauernden Rührbewegungen zu seiner Auflösung überredet werden soll.

Und weil man nach so einer Tafelrunde immer noch nicht aufhören will, hat die Tradition den *amazza-caffè* (wörtlich: Kaffeemörder = Schnaps) eingeführt. Wobei einige diese Tradition mit dem sogenannten *caffè corretto* (‚korrigierter' Kaffee = Kaffee mit Grappa, Brandy oder Sambuca) vertuschen.

Erst jetzt ist das *cenone* an seinem Ende angelangt.

Die Rechnung wird geordert. Und als die sogenannte *dolorosa* in einer abgeschabten Plastikhülle an den Tisch gebracht wird, schießen alle Hände vor, überkreuzen sich, jeder versucht als erster die so dargebotene Rechnung für sich in Anspruch zu nehmen und in den Griff zu bekommen. Dass hierzulande nicht jeder einzeln bezahlt, weiß ich inzwischen. Dass sich jedoch hier nun alle darum reißen, die Gesamtrechnung zahlen zu dürfen, weicht doch deutlich von den mittel- und nordeuropäischen Gepflogenheiten ab.

"*Tocca a me!* Ich bin ich dran!"

"*No, no, in assoluto, questa volta è tocca a me!* Nein, auf keinen Fall! Diesmal bin ich an der Reihe."

Und während die anderen immer noch darum streiten, wer denn nun die Rechnung bezahlen darf, blinzelt mir Beppe zu. Um den Kampf ums "Zahlendürfen" zu umgehen, täuscht er einen Gang zur Toilette vor, um die Rechnung direkt an der Theke bei Luca zu begleichen. Ob die anderen sein Manöver erkannt haben und jetzt nur so tun, als hätten sie es nicht bemerkt, weiß ich nicht. Jedenfalls ist die gezeigte Überraschung groß, als Beppe, die *ricevuta*, den Kassenbeleg, hochhaltend zurückkommt. Unter lauten Protestrufen, seien sie nun gespielt oder ernst gemeint, werden Geldbeutel gezogen. Während Beppe, die *ricevuta*, als sei es die Trikolore, über sich schwenkend, die allgemeine Entrüstung gelassen an sich abprallen lässt.

Er fängt meinen fragenden Blick auf.

„*Non ti preoccupare, Daniele!* Mach dir keine Gedanken, Daniel!" flüstert er mir zu, „nach der Weinernte gibt es ein *cenone* mit deutlich mehr Personen. Da lasse ich einen der anderen aufstehen und zu Luca vorgehen."

Ich verstehe. Auch das, wie vieles in Italien, ist ein Spiel. In dem jeder versucht, seinen Trumpf im richtigen Moment auszuspielen. Und dabei noch seine *bella figura* zu machen. Das nächste Mal wird Beppe souverän zurücktreten, wenn es darum geht, die allfällige *dolorosa* zu begleichen. Die dann deutlich höher ausfallen wird.

Nun werden die Kinder eingesammelt, die sich zwischen den Tischen und Bänken bis zur Erschöpfung gejagt haben. Beppe und Maria scheinen die Abgehärtesten von allen zu sein. Sie sind die einzigen, die jetzt in ihre Joppen schlüpfen. Alle anderen, wohlwissend, dass die Lokale in der Toskana nur spärlich oder gar nicht beheizt werden, haben ihre Joppen gar nicht erst ausgezogen.

Auf dem Parkplatz bläst uns wieder der schneidende *tramontana* entgegen. Trotzdem scheint es niemand so recht eilig zu haben. Und weil alle anderen, bei bereits laufenden Motoren, immer noch unschlüssig an den geöffneten Autotüren herumstehen, steigen auch Anna und ich wieder aus.

Vielleicht will ja noch jemand eine Ansprache halten. Denke ich.

Stattdessen werden Zigaretten herumgereicht. Deren Qualm sich mit den Auspuffgasen vermischt. Und durch heftige Böen in den umliegenden Olivenbäumen verwirbelt wird. Obwohl die Mägen aller noch randvoll sein dürften, tauscht man sich jetzt schon über das Mittagessen des nächsten Tages aus. Was die *mamma* oder die *nonna* ihnen wohl auftischen werden. Und natürlich muss auch übermorgen und überübermorgen gegessen werden.

Die Gespräche nehmen kein Ende. Und werden beharrlich um weitere Facetten bereichert, wenn die ersten Anzeichen darauf hindeuten, dass Einzelne der Tafelrunde ins Innere ihrer Fahrzeuge abzutauchen gedenken.

Man darf und will nicht auseinandergehen.

„Morgen und übermorgen esse ich nichts, das verspreche ich dir," stöhnt Anna als wir nach Mitternacht zu Hause ankommen.

Was soll ich darauf sagen? Ich weiß, dass sie mich am nächsten Morgen mit einem fürstlichen Frühstück wecken wird. Über das wir uns beide genüsslich hermachen werden.

Sicher, ein *cenone* werden wir für den nächsten Abend nicht herbeisehnen. Aber auf eine gut gefüllte Schüssel mit Pasta werden wir uns auch morgen wieder freuen.

*

Einige der toskanischen Menügewohnheiten wird man inzwischen vergeblich suchen. So bekommt man heute, wenn man nach dem Essen *frutta* bestellt, statt einer üppig mit saisonalen Früchten gefüllten Obstschale, nur noch einen einzelnen Apfel, eine Birne oder einen Pfirsich auf einem kleinen Tellerchen serviert. Dazu kam es, weil manch fremder Gast, in Unkenntnis hiesiger Gebräuche, die schöne Geste eines Auswahlangebotes missverstand. Und Frucht um Frucht in sich hineinschlang. Und was er nicht mehr zu verzehren vermochte, steckte er sich in Hosen- und Handtaschen. In der irrtümlichen Annahme, es sei ja im Preis enthalten.

Ebenso sind die Zeiten vorbei, in denen der Teller *pasta* einen Spottpreis kostete, weil er als nicht herausschälbares Bestandteil eines ganzen Mehrgängemenüs kalkuliert war. Als immer mehr Touristen, hocherfreut ein überaus preisgünstiges Mahl vorzufinden, in die Lokale einfielen und den ganzen Abend an einem Teller Nudeln herumstocherten, wo sonst viele *toscani* in wesentlich kürzerer Zeitspanne mehrere Menüs verzehrt hätten, machte das die Kalkulation der Wirte zunichte. Und hinterließ Ärger und Unverständnis.

Daher ist der Preise für die *Pasta* inzwischen meist ähnlich hoch wie der Preis für ein Hauptgericht. Dafür kann man in vielen Lokalen mittlerweile durchaus auch nur einen Teller Nudeln verzehren, ohne verständnislos angestarrt zu werden.

Apropos Missverständnisse:

Wenn ein italienischer Kellner fragt, ob der Gast das *menu* wünscht, will er ihn damit nicht zum Bestellen eines Menüs auffordern. *Menu* heißt hierzulande schlicht Speisekarte. Was anderes ist es mit dem *menu turistico* oder *menu del giorno*, bei dem es sich um eine vorgegebene Abfolge von Speisen in verschiedenen Gängen handelt, die zum Kompaktpreis angeboten werden.

Wie überall in Italien, ist auch in der *Toscana* vieles nicht ganz eindeutig…

Frösche quaken nicht

Es ist weithin unbekannt, dass die Frösche zu den fröhlichsten Tieren gerechnet werden können.

Sie treffen sich in den Nächten und unterhalten sich ausgelassen. Es gibt nichts, worüber sie sich nicht amüsieren könnten. Sie beobachten das Treiben der Menschen. Und der anderen Tiere.

Dann lachen sie.

Die Menschen sagen „quaken".

Darüber schütteln sie sich vor Lachen.

„Es wird regnen, die Frösche quaken so laut," sagt ein Olivenbauer.

„*Non ce la faccio più*! Ich halt das nicht mehr aus," prustet einer der Frösche.

Und dann lachen sie.

Nachbemerkung:

Meine Begegnungen mit der Toskana mögen zu ‚polizeilastig' erscheinen. Das liegt vor allem daran, dass ich hier sehr viel mit dem Auto unterwegs war. Da ließ sich, bei meinem Fahrstil und einem heruntergewirtschafteten Auto ein wiederholtes Zusammentreffen mit den Ordnungshütern nicht umgehen.

Meiner Beobachtung nach ist aber die Polizeipräsenz in Italien auch wesentlich höher als bei uns in Deutschland.

Früher war das umgekehrt, glaube ich mich zu erinnern. Ich mag mich irren.

Zudem teilt sich der italienische Polizeiapparat in viele Zuständigkeitsbereiche auf.

An der Spitze steht die dem italienischen Heer zugehörige Körperschaft der *carabinieri*, dann die *polizia stradale* (oder auch *polizia dello stato* genannt), dann die gefürchtete *guardia di finanza*, außerdem die *polizia provinciale*, die *polizia municipale* (die örtliche Gemeindepolizei, die sich manchmal auch nur schlicht *vigili urbani* nennt). Ferner gibt es die *guardia forestale*, die 'Forstpolizei', die auch für Umweltsünden zuständig ist; auch sie übrigens bis an die Zähne bewaffnet. Dann weiter die *polizia penitenziaria*, die Gefängnis- oder Strafvollzugspolizei, die *vigili del fuoco*, eine zivile Organisation mit Polizeistatus, und schließlich die *polizia portuale*, die Hafenpolizei, die dem *corpo delle capitanerie del porto*, der Hafenkommandantur zugeordnet ist.

Allein schon wegen dieser Vielfalt bieten sich überall Gelegenheiten, mit dem italienischen Polizeiapparat in Berührung zu kommen.

Dank

an Helmut Blumbach und Kim, die mir mit geduldigen Korrekturen und wertvollen Anregungen bei der der Entstehung und Überarbeitung dieser Geschichten zur Seite gestanden sind.

Dank auch an Hans Endelmann, von dem ich den wunderbaren Ausdruck „erzählende Stille" entliehen habe.

R. Daniel Roth,

geboren in Niederbayern.

Internatsschüler am Naturwissenschaftlichen Gymnasium in Deggendorf.

Begabtenabitur am Bayrischen Kultusministerium.

Studierte in München Philosophie, Psychologie, Germanistik, Russisch, Spanisch, Chinesisch und Zeitungswissenschaften.

Arbeitete als Teebeutelabfüller. Christbaumverkäufer. Geschenkekistenzunagler. Vereidigter Briefträger. Bierfahrer. Nachtwächter. Taxifahrer. Lagerarbeiter. Polsterreiniger. Interviewer. Bauarbeiter. Nachhilfelehrer. Koch. Barmann. Gründete und führte die Studentenkneipe ‚Randstein' und die ‚Osteria Baal' in München.

Lebte über 25 Jahre in Italien.

Führte zusammen mit seiner Frau 11 Jahre ein Gästehaus in einer ehemaligen Abtei in der toskanischen Maremma.

Lebt jetzt als freier Schriftsteller in Landshut.

www.daniel-roth.eu

Weitere Bücher von R. Daniel Roth:

„Der Überfall in der Türkenstraße" (Roman)
Ein hanebüchener Überfall. Die Befreiung von einer Obsession. Und eine Liebesgeschichte.

„Der Gesang der Nachtigallen" (Roman)
An einem ungewöhnlich heißen Augustsonntag beschließen die Einwohner eines kleinen toskanischen Bergdorfs für immer zu schweigen.

„Heimat" (Roman)
Durch Blitzschlag und Brandstiftung verliert Heini Hofer seine Sprache, wird zum Dorfdepp und versucht, sich aus seiner festgelegten Rolle zu befreien.

„Der Große Wagen" (Roman)
Als der kauzige Philipp auf seinen Nachtfluchten die Anhalterin Anna mitnimmt und mit ihr in die große Ebene hinausfährt, ahnt er nicht, dass er in einen Sog gerät, der ihn aus sich selbst herauszuzerren droht…
Eine Roadstory zwischen Traum und Wirklichkeit.

„Am Bildrand" (Roman)
Schon als sie sich das erste Mal begegnen, spüren Carl und Catrin, wie ein Funke von einem zum anderen überspringt. Auf einer Reise in die Toskana versuchen sie zueinanderzufinden. Eine Liebesgeschichte?

„Warum man den Bäcker grüßen sollte"
(Geschichten aus dem Alltag)

„Weltverlierer" (Gedichte)